Evolution Z

Stufe Eins

David Bourne

Deutsche Erstausgabe Februar 2015

Lektorat: Tanja Vorsthove

Covergestaltung: Sarah Schmiemann

ISBN-13: 978-1507858868

ISBN-10: 1507858868

Impressum

Feldmann, Hörsteler Str. 69, 49509 Recke

Davidbournebooks@gmail.com

Facebook: David Bourne

Für alle Menschen, die an die Wahrhaftigkeit ihrer Träume glauben

Inhaltsverzeichnis

Nur durch Schaden werden wir klug –

Leitmotiv der gesamten Evolution.

Erst durch unzählige, bis ins Unendliche wiederholte leidvolle

Erfahrungen lernt sich das Individuum zum Meister über sein Leben empor. Alles ist Schule.

Christian Morgenstern

Einleitung

Die zwei Männer schauten sich an. Beide ahnten, dass dies der Durchbruch sein könnte. Keiner sagte einen Ton. Dann starrten sie wieder durch die Plexiglasscheibe des Labors und kontrollierten gleichzeitig die Anzeigen auf dem Flatscreen an der Wand. Es sah wirklich vielversprechend aus. Trotzdem schwiegen beide einander weiterhin an. Zu oft schon hatten sie es erlebt, dass stabile Testphasen letztlich in einem Misserfolg endeten. Unzählige Male waren sie sich sicher, dass sie die Lösung hatten, nur um anschließend frustriert wieder bei Null anfangen zu müssen. Wenn sie eines in den vergangenen Jahren gelernt hatten, dann dass man sich nie zu früh freuen durfte.

Trotzdem war heute etwas anders. Die Werte waren auffallend gut, annähernd im Idealbereich – lediglich die Temperatur schien etwas erhöht. Der Größere der beiden räusperte sich. „Ich glaube…"

Der strafende Blick des Kleineren ließ ihn verstummen. Der Große starrte weiter durch die Plexiglasscheibe. Nach rund fünfzehn Minuten blinkte eine Meldung auf dem Flatscreen:

REN completed.

Ein Lächeln umspielte die Mundwinkel der beiden Männer. „Wir müssen telefonieren", sagte der Kleine.

Ray (1)

Als Ray Thompson die neue Stewardess zum zweiten Mal an diesem Samstagabend vögelte, wurde ihm etwas schwindelig. Er wusste nicht genau ob das an der Flasche Jack Daniels lag, die die beiden gemeinsam geleert hatten, oder an der Tatsache, dass die Kleine ihn ritt wie einen verdammten Bullen beim Rodeo. Ihr Becken stieß mit der Regelmäßigkeit eines Metronoms vor und zurück, dass es ihn wahnsinnig machte. Sein Magen meldete sich, wieder konnte er nicht genau sagen, ob der Alkohol oder diese halbe Vergewaltigung die Ursache dafür war. „FICK MICH!", schrie Cathy ihn an. „FICK MICH, CAPTAIN THOMPSON!"

Was glaubst du, mache ich denn gerade?, dachte Ray. Nach einer kurzen Diskussion mit seinem Magen und sich selbst, ob er kotzen oder abspritzen sollte, gewann die Geilheit die Oberhand und er entschied sich für Option B.

Während Cathy sich im Bad frisch machte, schaute Ray aus dem Fenster. Sie arbeitete erst seit einem Monat mit ihm zusammen, und fast genauso lange trieben es die beiden miteinander. Immer noch benebelt vom Whiskey fiel sein Blick auf die Außenbeleuchtung des *Waterloo Intercontinental*, dem Flughafen Hotel, in dem er und seine Crew die Nacht verbrachten, bevor sie morgen wieder nach Washington fliegen würden. Die Leuchtbuchstaben waren zum Großteil defekt, so dass nur die Buchstaben „War Inc" im Dunkeln zu sehen waren. Er hasste solche Absteigen. Das Leben als Pilot wird von vielen Menschen als Traum angesehen, aber Ray wusste es besser. Sein Job hatte ihn zwei Ehen gekostet. Mit Debbie, seiner ersten Frau, wäre er wohl auch als Präsident der Vereinigten Staaten nicht zusammen geblieben, zu unterschiedlich waren sie. Bei Melissa war das anders. Er war überzeugt davon, dass die beiden füreinander bestimmt waren und sie gemeinsam alt werden würden. Weit gefehlt. Melissa hatte vor drei Jahren die Scheidung eingereicht und seine Kinder sah er seitdem so gut wie nie, da er an den Besuchswochenenden meistens arbeiten musste.

Über den Wolken mag die Freiheit grenzenlos sein, aber hier unten bin ich Gefangener von Alimenten, Alltagsstress und der Augusta Airline. Er hatte schon oft daran gedacht zu kündigen, aber wie bei vielen anderen Dingen fehlte ihm letztendlich der Mut dazu. Genauso hatte er es nicht übers Herz gebracht, sich von seinen Ex-Frauen zu trennen, obwohl er wusste, dass die Beziehungen im Eimer waren. Genauso traute er sich auch jetzt nicht, Cathy zu bitten auf ihr Zimmer zu gehen, obwohl er lieber allein sein wollte.

„Sehr geehrte Damen und Herren, bitte stellen Sie sämtliche Gliedmaßen für den Start in eine aufrechte Position und schnallen Sie sich an“, ertönte es aus dem Badezimmer. *Sie kann doch nicht wirklich eine dritte Runde wollen?* Rays Magen meldete sich wieder. *Was ist das für eine Nymphomanin?*

„Babe, ich fühl mich nicht gut. Ich glaube ich brauche ein

wenig Schlaf." Cathy kam nackt aus dem Badezimmer. Ihr braunes Haar floss wie ein Wasserfall auf ihre Schultern, ihr Körper war eine einzige Versuchung.

„Captain Thompson, muss ich etwa die Flugsicherung verständigen? Oder werden Sie einfach nur alt?"

Auch wenn Ray mit seinen Einundvierzig wirklich sechzehn Jahre älter war als Cathy, so hatte diese Spitze ihre Wirkung nicht verfehlt. Sie öffnete die zweite Flasche Jack Daniels, füllte die beiden Gläser mit Whiskey nach und legte sich zu ihm auf das Bett. Ihre Brüste flackerten im Licht der Außenbeleuchtung. *Verdammt was soll's,* dachte Ray. *Schlafen kann ich auch noch, wenn ich tot bin.*

Als Ray am nächsten Morgen unter der Dusche stand, ging er in Gedanken seinen Tag durch. Um 12 Uhr mussten Sie am Portland Airport sein, da um 13.30 Uhr der Flug nach Washington ging. Sie würden um 16.45 Uhr landen und wenn alles nach Plan verlief, konnte er gegen 18 Uhr bei seinen Kindern sein. Tom und Eve waren Zwillinge und gingen mit ihren zehn Jahren mittlerweile in die fünfte Klasse. Es war Freitag, der fünfte November, und ab morgen würde er sie endlich einmal wieder über Nacht bei sich haben. Es waren diese Augenblicke, die für ihn das Leben lebenswert machten. Ein Klopfen an der Badezimmertür riss ihn aus seinen Gedanken.

„Captain Thompson, was machst du da drin so lange? Wir müssen gleich los."

Cathy war nach dem dritten Akt bei ihm im Zimmer geblieben, obwohl er nicht wollte, dass jemand etwas von dieser Geschichte mitbekam. Es war zwar ein offenes Geheimnis, dass Piloten und Stewardessen oftmals über den Beruf hinaus miteinander verkehrten, aber Ray hatte Angst davor, was Melissa sagen würde, wenn sie es rausbekam.

„Ich bin gleich soweit“, sagte Ray. „Du kannst unten in der Lobby auf mich warten.“

Ray stieg aus der Dusche und betrachtete sich im Spiegel. Für sein Alter war er immer noch in guter Form, nicht zuletzt aufgrund der regelmäßigen Fitnesstests, die er für seine Pilotenlizenz absolvieren musste. Trotzdem war er in den vergangenen Jahren rapide gealtert. Er kämmte sein kurzes blondes Haar zu einem Seitenscheitel und betrachtete sein Gesicht näher. Noch vor wenigen Jahren wurde ihm immer wieder geschmeichelt, wie gut er sich gehalten hatte. Mittlerweile konnte man das nicht mehr sagen. Seine Gesichtszüge waren leicht eingefallen, und die vereinzelten kleinen Falten hatten immer größere Gesellschaft bekommen.

Als er anfing sich zu rasieren, spürte er einen stechenden Schmerz am Hals und sah, wie ein kleines Blutrinnsaal hinunter lief. Seine rechte Hand zitterte. Zunächst leicht, dann immer stärker. *Nicht schon wieder*. Er ging zurück ins Schlafzimmer und nahm einen großen Schluck aus der zweiten Flasche Jack Daniels. Dann noch einen. Das Brennen der Schnittwunde wurde nun ersetzt durch das Brennen im Inneren seines Halses.

Ray zog sich an und betrachtete sich in seiner Uniform. Das Zittern seiner Hand hatte nachgelassen. *Dann wollen wir mal*, dachte er.

Eine Stunde vor dem Abflug trank die Crew in einer Flughafenlounge gemeinsam Kaffee. Außer Ray und Cathy saßen noch sein Co-Pilot Nick sowie drei weitere Stewardessen mit am Tisch. Die jüngste von ihnen hieß Mia. Mia war toll, zumindest so lange sie nicht den Mund aufmachte. Das Problem war, dass dies ziemlich selten der Fall war. Sie redete quasi ununterbrochen. Mia befand sich mit ihren zweiundzwanzig Jahren laut eigener Aussage in ihrer zweiten Midlife-Crisis und sie geizte nicht damit, dies jedem mitzuteilen, der es hören wollte oder auch nicht.

„Ich meine, wie kann man so drauf sein? Wie kann man sich nicht sicher sein, mich heiraten zu wollen? Wir sind schließlich schon zwei Monate zusammen!"

Ray konnte sich denken, warum Mias Freund nicht sofort Nägel mit Köpfen machte. Ihr Gequassel konnte einem den letzten Nerv rauben und sie machte jedes Mal aus einer Mücke einen Elefanten. Auf der anderen Seite hatte die schlanke Blondine aber zwei überzeugende Argumente, die er selbst auch gern mal eingehender begutachtet hätte. Er fragte sich, wie die Party gestern Abend wohl mit ihr als Tag-Team-Partnerin von Cathy verlaufen wäre. „Mia, lass ihm doch mal etwas Zeit. Wir Männer binden uns eben nicht so schnell fürs Leben", sagte Ray.

„Dass man sich mit dir nicht fürs Leben bindet, hat man ja schon zwei Mal gesehen!“, sagte Mia.

„Mia!“, entfuhr es Cathy.

Touché, dachte Ray und empfand Mias Antwort als gerechte Strafe für seine anzüglichen Gedankenspiele.

„Was denn? Ist doch so. Flachlegen können Männer alles, aber wenn es darum geht, Verantwortung für eine Beziehung zu übernehmen, sind alle Männer gleich!“

„Wir sollten jetzt los“, sagte Nick, der bis gerade in den Sportteil der Zeitung vertieft war. „Das Flugzeug dürfte bereitstehen.“ Alle fanden, dass dies eine gute Idee war.

Scott (2)

Scott Gerber war müde. Seine Schicht zog sich und ihm schmerzte der Rücken. Lange dauerte es nun nicht mehr bis zu seinem Feierabend und er war froh darüber, obwohl er seine Arbeit wirklich liebte. Scott arbeitete als Holzfäller in Maine, kurz vor der kanadisch-amerikanischen Grenze. Dieses Gebiet kennen die meisten Menschen auch als den Pine Tree State, aufgrund seiner vielen Pinienbäume.

Eigentlich musste er nur noch aufräumen. Er packte seine Axt und seine Motorsäge ein und bewegte sich in Richtung des Camps. Lange würde Scott nicht mehr hier bleiben. Es war bereits Samstag und gleich begann sein Urlaub. Bald saß er in seinem Pickup und konnte heim nach Augusta, zu seiner Frau Jane und seinem Sohn Sam.

Im Camp traf er John und Mike Walsh. Mit den Brüdern verbrachte er die meiste Zeit in seinem Fällabschnitt. Sie waren seit Jahren befreundet und kamen ebenfalls aus Augusta. Die Männer gönnten sich ein Bier und sprachen über den letzten Superbowl. Scott spielte früher selbst. Er hätte es weit bringen können, auf ein College-Team vielleicht, aber dafür reichten seine schulischen Leistungen nicht aus. Er hatte es nie bereut. Scott genoss die Arbeit in den Wäldern und es machte ihn glücklich in der Natur zu sein, obwohl der Job sehr gefährlich war. Sein Vater hatte ihn bereits als kleinen Jungen mit in die Wälder genommen, um Feuerholz zu schlagen. Das veranlasste ihn, später sein Geld mit einer Motorsäge und schweren Maschinen zu verdienen.

Scott sah man seine fünfunddreißig Jahre zwar an – das brachte die Arbeit unter freiem Himmel nun mal mit sich – aber körperlich war er eher der robuste Typ. Vor zehn Jahren war er ein Modellathlet, mittlerweile konnte er seine Füße nur noch sehen, wenn er sich hinsetzte. *Mom kocht einfach zu gut*, war seine Ausrede dafür, wenn seine Ehefrau ihn damit aufzog.

Es war kalt geworden und die Sonne ging früh unter. Keine Seltenheit im November. Mittlerweile saßen mehrere Männer um ein Lagerfeuer und tranken ihr Feierabendbier. Scott gesellte sich zu ihnen und es wurde gelacht. Einige neckten ihn, dass sie nicht mit seiner Ehefrau tauschen wollten, wenn er morgen nach Hause käme. Eigentlich mochte er solche Sprüche nicht, aber dieses Mal lachte er trotzdem, weil er sich so sehr freute, seine Familie wiederzusehen.

Einen Fernseher gab es nur im Vorarbeitercontainer und so hörten die Männer Musik im Radio und entspannten ein wenig, bevor sie zu Bett gingen. Es war mittlerweile 19 Uhr. Die Nachrichten fingen an. Alle warteten gespannt auf die Sportergebnisse. Hier in der Wildnis waren die Männer ziemlich abgeschnitten von jeglicher Zivilisation. Das hieß nicht, dass der Football an Stellenwert verloren hatte. „Am heutigen Tage kam es in New York zu einigen Fällen von Grippe, einige Menschen mussten in die Notaufnahme eingeliefert werden“, dröhnte es aus dem Radio.

Scott wunderte das nicht. Es wurde eben Winter, da konnte so etwas schon mal vorkommen. Die Städter waren auch nicht gerade für ihre körperliche Härte berühmt.

„Und schließlich besiegten die Maine Black Bears Rhode Island mit 20 – 14", bestätigte der Sportreporter.

Die Männer jubelten. *Was für ein passendes Ende für diesen Tag*, dachte Scott. Er verabschiedete sich von seinen Kollegen und lud seine Werkzeuge auf seinen Chevy Pickup. Dann fuhr er los in Richtung Augusta. Die Fahrt verlief fast ereignislos, außer dass er einmal von der Randstreifenbegrenzung geweckt wurde und beinahe nach rechts von der Fahrbahn abkam.

Oh Mann, das hätte mir noch gefehlt, da hätte der Urlaub ja mit einer Katastrophe begonnen. Scott lachte und drehte die Musik auf.

Er ahmte Johnny Cash, so gut er konnte, leidenschaftlich nach und setzte seinen Weg fort. Die gesamte Strecke zog sich etwa vier Stunden hin und Scott war bester Laune, als er in seine Einfahrt einbog.

Die Gerbers wohnten am Rand von Augusta, der Hauptstadt von Maine mit ungefähr zwanzigtausend Einwohnern. Sie besaßen ein schönes, freistehendes Holzhaus mit einer großen Einfahrt zur Garage. Früher hatte Scott gerne mal den einen oder anderen Blumenkübel demoliert, den seine Frau Richtung Straße aufstellte, wenn er es mit seinem Ungetüm von Truck zu eilig hatte. Später hatte er die Einfahrt breiter geteert, um dem Zorn seiner Frau zu entgehen. Er schmunzelte, als er auf den Hof fuhr und darüber nachdachte. Der Garten war sehr gepflegt. *Im Sommer wird hier wieder alles voller Blumen sein. Alles Janes Werk, ich arbeite den ganzen Tag im Holz, aber kann eine Blume nicht über drei Tage am Leben erhalten.*

Scott parkte auf dem Hof. Er dachte daran, am anderen Morgen noch einige Besorgungen zu machen. In Augusta brauchte man sich nun wirklich kaum Gedanken um Hab und Gut zu machen. Einzig seine Werkzeuge legte er in die Garage. Er öffnete die Tür und trat in den Flur. Diese Aufregung! Wie ein kleiner Junge, der auf der Straße einen Playboy findet. Wo war seine Frau? Scott liebte Jane sehr, ebenso wie seinen Sohn. Fast hätte er lauthals losgebrüllt und sie gerufen, aber dann besann er sich, dass Sam womöglich schon schlafen könnte. Der Junge war immerhin erst fünfzehn.

Scott schlich nun fast. Er durchquerte das Wohnzimmer, das mit dunklen Möbeln bestückt war, und ging in die Küche. Scott war sehr stolz auf seine Küche. Sie war aus Pinie und teilweise selbst gebaut. Für so einen Schatz musste man im Fachgeschäft bestimmt ein kleines Vermögen investieren. Vielleicht hatten sich die beiden ja schon hingelegt. Jane arbeitete im Maine General Surgery Krankenhaus als ambulante Krankenschwester und musste daher häufig Schichtdienst schieben. *Sie wird die Woche in den Knochen haben.*

Es war alles so sauber hier, nicht steril, aber dennoch ordentlich. „Die Kleine hat's hier wirklich im Griff", sagte er leise. Sein Magen knurrte nach der langen Autofahrt. Er schmierte sich ein Sandwich mit Erdnussbutter und Marmelade und verschlang es fast. *Jane wird bereits im Bett sein, hoffentlich ist sie nicht zu müde für Sex.* „Gut dass sie das nicht gehört hat, Gerber“, lachte Scott in sich hinein. Wenn seine Frau wütend auf ihn war, nannte sie ihn immer beim Nachnamen. Dann fand er einen handgeschriebenen Zettel auf der Küchenanrichte. Scott nahm ihn zur Hand und las.

Hey Honey…

Bin mit unserem Thronfolger zu deinen Eltern gefahren. Wir werden dort übernachten, sind mit dem Rad! Habe versucht dich auf dem Handy zu kriegen, aber ich wusste vorher dass das nichts wird! Wir kommen morgen gegen Mittag zurück. Im Kühlschrank ist noch Braten. Der soll aber für morgen reichen.

Ich freue mich sehr auf dich.

Jane

Ein Blick auf sein Handy bestätigte den Anruf in Abwesenheit. *Immer vergesse ich das blöde Ding wieder laut zu stellen.* Er war zunächst etwas enttäuscht, doch dann lachte er lauthals los. „Wieso zum Teufel esse ich Marmelade, wenn Braten da ist?“, schimpfte er. „Dann sehe ich die beiden eben morgen.“

Seine Augen fielen fast schon zu, als er die Treppe zum Schlafzimmer hinauf stapfte. *Morgen früh bleibt der Wecker aus.* Er trat durch die Türe ins Schlafzimmer. Scott Gerber schaffte noch genau drei Dinge: Seine Jeans auszuziehen, sich wie eine Larve in seine Bettdecke einzurollen und sich kräftig am Hintern zu kratzen. Dann schlief er zufrieden ein.

Josh (3)

Mein Gott! Das ist die Mutter aller verdammten Montage... dabei ist heute Sonntag.

Es war auf jeden Fall einer dieser Tage, der es eigentlich verdient hatte, ein Montag zu sein. Zumindest aus der Sicht von Josh Pelletier. Mit Anfang zwanzig zog er von Zuhause aus und begann an der University of Maine Medizin zu studieren. Er wohnte in einer schlichten, kleinen Wohnung mit einem Typen Namens Karl.

Eine friedliche Stille herrschte in Joshs Zimmer, die nur zwischendurch durch sein eigenes zufriedenes Schnarchen unterbrochen wurde. Dann hämmerte es zwei Mal an der Tür. „JOSH! Alter, dein Chef ist dran!" Sein Mitbewohner Karl steckte den Kopf zur Tür rein und warf ihm den Mobilteil des Telefons auf das Bett, das von der Matratze federte und mit einem dezenten Klatschen direkt an seiner Wange landete.

„Was zur... bist du bescheuert?"

„Sorry man, aber geh besser dran – klingt voll angepisst."

„Wer? Fuck! Wie spät ist es?" Josh blickte sich suchend nach seinem Wecker um. *Verdammte Unordnung!* Irgendwo in dem Chaos seines Zimmers musste dieses blöde Ding doch stehen. Er traute seinen Augen nicht. 8.10 Uhr. Immer noch nicht ganz aus dem Reich der Träume erwacht, griff Josh nach dem Hörer. Es war sein Kollege Tom.

„Ja?“

„SCHAFF DEINEN VERDAMMTEN ARSCH HIER RÜBER! Du solltest mich vor zehn Minuten ablösen! Ich hab 'ne Vorlesung und der Boss kommt um halb!“, brüllte Tom am anderen Ende.

„Mist, gib mir fünf Minuten“, antwortete Josh. Der Rest einer aufbrandenden Schimpftirade ging unter, da er bereits aufgelegt hatte. Er hechtete aus dem Bett, warf das Telefon auf das Sofa und zog sich auf dem Weg zur Tür sein Arbeitsshirt über. In seiner Hektik rammte Josh seinen kleinen Zeh gegen die Kante seines Bettpfostens, was sich in schlaftrunkenem Zustand ähnlich anfühlte, als würde jemand den Zeh mit einem glühenden Fleischhammer schlagen. Sah man es positiv, so war sein Puls wenigstens so kurz nach dem Aufstehen auf Hochtouren und er war wach. Als würde das noch nicht ausreichen, riss sich Josh beim Verlassen der Haustür einen Schnürsenkel seiner roten Chucks ab. *Man, heute ist wirklich mein Tag.* Es blieb ihm also nichts anderes übrig, als sich mit den warmen Winterstiefeln auf den Weg zu machen, die er von seinem Dad zum Geburtstag geschenkt bekommen hatte. Er gab ein fantastisches Bild ab: kurze grüne Shorts, grünes T-Shirt und flauschig gefütterte, braune Wanderstiefel. *Ich sehe aus wie ein verdammter Weihnachtself im Sommerurlaub. Scheiß drauf, nachher habe ich zum Glück einen Kittel an, und im Kiosk sieht mich kaum jemand.*

Josh verließ gehetzt die Wohnung. Er sprang die Stufen im Treppenhaus hinab und lief aus dem Haus. Er überquerte die

Straße, bog um die Ecke und konnte schon die rot-weiß gestreifte Marquise des Kiosks sehen, in dem er seit Jahren arbeitete. Zu spät, wie immer. Tom blickte ihn finster an, als er hereinkam.

„Pelletier, du blöder Arsch! Immer dieselbe Scheiße mit dir. Ich habe eine verdammte Vorlesung. Ich überziehe meine Schicht für dich und bekomme einen Scheißdreck dafür. Kannst froh sein, dass ich dich mag."

Josh entschuldigte sich mit tief hängendem Kopf, auch wenn Tom ihm diese bereits zu Perfektion einstudierte Szene nicht abnahm. Dann machte sich Tom auf den Weg zur Uni.

Der Rest des Vormittages verlief weitestgehend ereignislos. Kunden kamen und gingen. Joshs Boss tauchte etwa fünfzehn Minuten, nachdem Tom verschwunden war, auf. Er war also gerade noch rechtzeitig erscheinen, um den Eindruck eines fleißigen Mitarbeiters aufrecht zu erhalten. Als er sich davon überzeugt hatte, dass der Laden brummte, verließ der Boss ihn genauso schnell wieder wie er aufgetaucht war. Es war eine Menge zu tun an diesem Vormittag. Geschäftiges Treiben am Flughafen in der Nähe, wie so oft am Wochenende, aber das war nicht anders zu erwarten gewesen und machte Josh nichts aus. Aber dann tauchte er auf, dieser eine Arsch von Tausend, der einen zur Weißglut bringt.

In Joshs Fall handelte es sich dabei um so einen unverschämten Typen in Pilotenuniform. *Typischer Pflegefall*, dachte Josh. Er betrat den Kiosk, steuerte zielgerichtet auf die

Spirituosen zu und griff sich zwei kleine Glasflachmänner mit Whiskey. Die eine leerte er noch auf dem Weg zum Tresen, die andere steckte er sich in die Innentasche seiner Uniform *Der ganze Stolz der Augusta Airline. Hoffe, der fliegt heute höchstens noch auf die Fresse, aber keine Passagiermaschine mehr*, dachte Josh.

„Zwölf Dollar, Sir." Während des Bezahlens zitterte der vermeintliche Promillepilot so stark, dass er sein gesamtes Kleingeldfach beim Öffnen des Portemonnaies in den Süßigkeiten vor der Theke verteilte. Er warf einen zusammengeknüllten Zehner auf die Theke und nuschelte: „Den Rest musst du zusammensuchen, Kleiner."

„Recht vielen Dank, Sir", sagte Josh übertrieben freundlich.

Der Besoffene lallte ihm als Abschied noch ein „Leck mich, Arschloch" hinterher.

Immer wieder gerne Blödmann! Was für ein Scheißtag! Ist ja nicht so, als müsste ich gleich direkt weiterarbeiten. Oh Moment, muss ich ja doch.

Aufgrund seines mangelnden Sinns für Planung hatte er sich den Beginn seines Praktikums für die Uni direkt auf den heutigen Tag gelegt, so dass er nahtlos von einem Job zum anderen wechseln musste. Wenigstens würde ihm dort niemand Widerworte geben oder ihn nerven. Tote redeten nicht.

Joshs Praktikum führte ihn wie letztes Semester in die Pathologie des Maine Medical Center. Es war zwar die Anweisung der Uni, berufsspezifische Erfahrungen mit noch atmenden Patienten zu sammeln, aber noch hatte niemand

Einwände erhoben, dass er mit toten Patienten arbeitete.

Josh gefiel die Arbeit in der Pathologie wesentlich besser als die Arbeit auf einer Station. *Hey, diese Typen waren mausetot.* Es waren Fleischsäcke, wenn man so wollte. Bei Toten flossen die Körpersäfte nicht mehr so intensiv wie bei Lebenden und Josh hatte so seine Probleme mit Blut. *Tatsächlich, ein Arzt dem schon mal die Knie weich werden konnten, wenn er Blut sah. Eigentlich würde man sagen „Job verfehlt".* Allerdings hatte sich Josh bei seiner Berufswahl nicht gegen seine Mutter durchsetzen können. Sie war eine hervorragende Unfallchirurgin und hatte Josh nicht nur an die Universität gebracht, sondern auch zu einem Praktikumsplatz in der Pathologie bei Doktor Stevenson verholfen. Er mochte Doc Stevenson. Der Pathologe war ein Mittfünfziger, dem man sein Alter nicht im Geringsten ansah. Er hatte ein riesiges Fachwissen und eigentlich immer einen lockeren Spruch auf den Lippen. Was Josh jedoch mit Abstand am besten gefiel, war die Tatsache, dass er in der Pathologie schalten und walten konnte, wie es ihm beliebte. Doktor Stevenson schien ihm zu vertrauen und das merkte man. Der Name seiner Mom öffnete ihm scheinbar Tür und Tor. „Wenn du Margaretes Sohn bist, dann hast du bei der Besten gelernt", hatte ihm der Doktor einmal gesagt.

Josh war froh darüber, dass Doktor Stevenson die Sache so sah. Dummerweise entsprach das nicht der Wahrheit. Er selbst betrachtete sich allenfalls als Durchschnittsstudenten. Die ersten Semester verbrachte er mehr mit dem Erforschen neuer

Gebiete oder Dungeons in Online-Videospielen als mit dem Erforschen medizinischer Fachbücher. Wenigstens im letzten Jahr hatte er sich ein wenig mehr ins Zeug gelegt. Er hatte, nach seinem ersten Besuch in der Pathologie, mehr Interesse für sein Studienfach entwickelt und sogar einige weitere Praktika absolviert.

Alles in allem war er aber froh, dass das Semester geschafft war. Die Ferien begannen bald und er musste nur in den ersten drei Wochen seinen Pflichtteil als Praktikant im Maine Medical Center ableisten. Im Vergleich zum Vormittag war ihm hier bis jetzt noch niemand auf die Nerven gegangen. Er hatte schlicht und einfach seine Ruhe.

Josh (4)

Die Pathologie befand sich im dritten Untergeschoss des Krankenhauses. Ein großer, mit grünen Fliesen ausgekleideter Saal mit drei Obduktionstischen und einer Unmenge an Schubfächern. Die teilweise übereinander angelegten Metallfächer boten Platz für fünfzig Leichen.

Josh war gerade damit beschäftigt, den Leichnam einer älteren Dame zu reinigen. Das kalte Licht der Neonröhren verlieh ihr eine gewisse Anmut. Josh fand, es sah bei den meisten Toten, die im Krankenhaus verstarben, so aus als würden sie nur friedlich schlafen.

Mit einem Schwamm in der Hand und dem unverkennbaren Gesang von ACDC Frontmann Brian Johnson in den Ohren legte Josh gerade ein Luftgitarrensolo der Extraklasse hin. Deshalb bemerkte er auch zunächst nicht, dass die rote Fahrstuhlleuchte über der metallenen Aufzugtür Besuch ankündigte. Als er darauf aufmerksam wurde, stöpselte er einen Kopfhörer aus seinem rechten Ohr und horchte. Durch den Fahrstuhlschacht konnte er hören, wie ein paar Stockwerke höher etwas in den Fahrstuhl gerollt wurde.

„Madame, nächster Halt: U3 – oder wie ich zu sagen pflege: Shawns Metallmatratzenparadies für alles, dass nicht mehr kreucht, fleucht oder atmet."

Oh Mann, das ist der Doc. Und es hätte so schön ruhig werden können.

Der Fahrstuhl setzte sich in Bewegung und die Spannung stieg. *Mal sehen, was es heute auf den Tisch gibt,* dachte Josh.

Rumpelnd kam der Aufzug zum Stehen. Die Doppeltür schob sich langsam zu den Seiten auf. Noch bevor die Tür ganz geöffnet war, hörte er eine Frauenstimme in mahnendem Ton: „Joshua! Hast du da etwa Straßenstiefel an?“

Was zum Teufel? Allerdings erkannte Josh das penetrante Organ sofort.

„Hallo Mom...“

„Spar dir dieses 'Mom', komm lieber her und sei nützlich.“

„Es ist auch sehr nett dich zu sehen, Mutter“, stichelte Josh und umarmte sie. „Was haben wir denn da, Doc?“

Doc Stevenson lächelte. „Autounfall – männliche, weiße Person, circa dreißig, bestimmt dreihundert Pfund. Soll angeblich auf der Second Street blindlings auf einen Pkw zugelaufen sein. Schweres Schädelhirntrauma, der rechte Fuß mehrfach gebrochen. Ist auf dem Weg ins Krankenhaus verstorben. Deine Mom war so nett und hat schon den Tod bestätigt. Hilf uns hier mal schieben, Josh, der ist ein echter Brocken.“

Na kein Wunder, der hat mehr Fett am Doppelkinn als ein ausgewachsener Elefantenbulle am Arsch! Josh ging auf den Aufzug zu. „Steht seine Identität fest, Doc?“

„Ein gewisser Michael Galetti und er aß anscheinend gerne Spaghetti". Josh quittierte den schlechten Witz mit einem schiefen Lächeln.

„Was habt ihr mit seinem rechten Schuh angestellt?"

„Gute Frage, ist wohl nicht mitgekommen. Egal, komm rüber und pack mit an". Josh und Doc Stevenson zogen die Rolltrage rückwärts aus dem Aufzug.

„Wenn ihr mich hier nicht mehr braucht, dann bin ich wieder oben. Ich hab kurz bevor wir runter gefahren sind von noch einem Unfall gehört. Seit 16 Uhr scheinen die Leute hier lebensmüde geworden zu sein. Kaffee und Kuchen bekommen wohl nicht jedem. Glücklicherweise habe ich sofort Feierabend und kann heimfahren."

„Alles bestens, danke Margarete", sagte der Doc.

Bei diesen Worten drückte seine Mutter bereits den Knopf für das Erdgeschoss und die Tür glitt lautlos wieder zu. Margarete Pelletier sah die beiden an und ihre Mundwinkel zuckten leicht.

„Hat Sie gerade etwa tatsächlich versucht uns anzulächeln? Ich wusste gar nicht, dass sie zu so etwas fähig ist", flüsterte Josh.

„Sei nicht so fies zu deiner Mom. Du weißt genau, dass sie ihre Strenge dir gegenüber nur aufrechterhält, damit ihr niemand Vetternwirtschaft vorwerfen kann. Außerdem will sie dich damit motivieren. Sie meint es nur gut mit dir."

„Dein Wort in Gottes Ohr, Doc." Josh winkte ab.

„Ab auf den Tisch mit dem Burschen und dann kannst du ihn gleich schon einmal seiner Kleidung entledigen. Ich muss nochmal rauf. Wenn ich zurück bin, dann schauen wir uns das kleine Schleckermaul zusammen genauer an."

„Geht klar, Doc, ich mach vorher noch Mrs. Miller fertig."

Die beiden hievten den schweren Toten gemeinsam unter einigen Schwierigkeiten von der Rolltrage auf den rechten der drei metallenen Obduktionstische. Kein leichtes Stück Arbeit. Wäre ihnen der Leichnam heruntergefallen, hätten sie vermutlich oben nach Hilfe fragen müssen. Zum Glück blieb den Beiden diese Peinlichkeit erspart, auch wenn es nicht das erste Mal passiert wäre.

„Hier kann er erst einmal bleiben und auf uns warten." Doc Stevenson ging wieder Richtung Aufzug und betätigte den Fahrstuhlknopf. Dieser setzte sich aus einer der höheren Etagen in Bewegung.

„Ich bin maximal eine halbe Stunde weg. Schaffst du es in der Zeit deine Arbeit an der netten Dame abzuschließen?"

„Klar Doc, kein Problem. Bin hier gleich fertig und danach zu allen Schandtaten bereit", erwiderte Josh.

„Sehr gut, dann bis später." Der Doktor betrat den Fahrstuhl und fuhr aufwärts. *Also wieder alleine mit meinem Date.* Josh stöpselte sich seine Kopfhörer zurück in die Ohren.

Stairway to Heaven, wie passend. Josh widmete sich erneut Mrs. Miller. Die alte Dame war gestern verstorben, nachdem die Ärzte versucht hatten, einen Tumor am Hirn zu entfernen. *Sie sieht so friedlich aus.*

Als Josh an der Hand angekommen war, fiel ihm auf, dass Mrs. Miller vier Muttermale an der rechten Hand hatte, welche ein perfektes Quadrat bildeten. Als er die Hand ergriff und diese genauer inspizierte, nahm er rechts von sich eine Bewegung war. Er schaute rüber zu der Liege mit dem dicken Neuankömmling. Nichts. *Na, wirst du etwa paranoid?* Er schaute noch einen kurzen Moment rüber, bevor er sich wieder seiner Arbeit widmete.

Nur noch den linken Arm, dann kann ich mir den Neuen schon einmal ansehen. Bin gespannt, was der Wagen mit seinen Knochen angestellt hat. Josh beendete pflichtbewusst seine Arbeit an Mrs. Miller und legte sorgsam ein Leichentuch über sie. Danach schlenderte er hinüber zu dem anderen Toten.

So Fettsack, dann schauen wir doch mal, wie es dir so geht. Er kniff ihm beherzt in das massive Doppelkinn. Ein eiskalter Schauer lief ihm den Rücken hinunter. *Wie lange soll der schon tot sein? Er wirkt noch unnormal warm.* Josh stützte sich mit der linken Hand auf das Brustbein des Toten, beugte sich quer über ihn und versuchte mit der rechten Hand den Totenschein in die Finger zu bekommen, welcher sich am Kopfende befand. Josh versuchte das befestigte Papier zu erreichen. In diesem Moment öffnete der Tote die Augen.

Josh schrie auf und stolperte rückwärts vom Tisch. „HEILIGE SCHEISSE!“

Wie gelähmt sah er, dass sich der Mund des Toten öffnete. Ein langgezogenes Stöhnen erfüllte den kleinen Raum. Josh war wie paralysiert und konnte sich keinen Zentimeter bewegen. Der Tote erhob langsam den Oberkörper und drehte den Kopf zu Josh. Trübe Augen fixierten ihn und starrten ihn an.

Der Tote bewegte nun auch seine Beine und rollte sich seitlich vom Obduktionstisch. Josh hörte das schmatzende Geräusch der nackten Füße als diese auf die kalten Fliesen aufsetzten. Der Mann belastete den mehrfach gebrochenen Fuß offenbar zu stark und fiel träge zu Boden. Die Schockstarre, die Josh in diesem Moment gefangen hielt, schien sich langsam zu lösen als er realisierte, dass dies alles offenbar wirklich passierte. Er stieß sich mit den Füßen nach hinten, war jedoch nicht in der Lage aufzustehen. Er schaffte es allerdings sich auf dem Boden ein kleines Stück rückwärts zu bewegen und so immerhin die Distanz zwischen sich und dem Toten zu vergrößern.

Der Mann grunzte nur und hob den Kopf. Wieder fixierte er Josh mit seinen Augen. Er zog sich auf den Fliesen mit seinen fleischigen Armen erstaunlich kraftvoll vorwärts in Joshs Richtung. Zwischendurch schnappte er wie ein tollwütiger Hund und stieß gurgelnde Geräusche aus. In Josh stieg erneut die Panik auf und er bewegte seine Beine schneller strampelnd, fand jedoch wenig halt auf den Fliesen. Er bemerkte, wie er mit seinem Rücken an einen der Obduktionstische anstieß. Mit seiner rechten Hand griff er nach oben. Er bekam die Tischkante zu fassen und zog sich daran hoch. Es gelang ihm tatsächlich sich aufzurichten. Doch auch der Untote kam schwankend hoch. Er stand erneut mit seinem vollen, durchaus beeindruckenden Körpergewicht auf dem zerschmetterten Fuß. Dieses Mal gelang es ihm allerdings, die Balance zu halten. Josh flüchtete sich zunächst hinter den Tisch und suchte nach einem Ausweg. Doch der einzige Weg hinaus führte an dem Untoten vorbei zum Aufzug. Wie auf ein Zeichen ging die rote Fahrstuhlleuchte an. *Der Doc kommt wieder.*

„DOC! HILFE!“, schrie Josh. Es war allerdings klar, dass ihn niemand gehört hatte. Josh überlegte, wie er an dem Fleischberg vorbeikommen sollte, ohne in seine Reichweite zu kommen. Zwar war dieser offenbar nicht sonderlich gut zu Fuß, allerdings bewegten sich seine Arme unerwartet schnell in Joshs Richtung, sobald er versuchte den Tisch zu umrunden. Der Aufzug war nun fast unten.

Dann kam Josh der erste wirklich klare Gedanke. *Das Leichentuch!*

Er schnappte sich das Leichentuch, das auf Mrs. Miller lag und schmiss es dem Untoten über den Kopf. Ein Grunzen entfuhr dessen Mund. Der Körper torkelte unkontrolliert herum. Es wirkte fast so, als ob er nicht verstand, warum es plötzlich dunkel geworden war.

Der Aufzug kam an und die Türen öffneten sich. Josh

entschied, dass jetzt seine Chance war und rannte in Richtung Aufzug. Er passierte gerade den Körper des Toten als unter dem Leichentuch eine Hand hervorschnellte und den Kittel über Joshs Hüfte zu packen bekam. Wie in einem Schraubstock wurden der Kittel und die Haut darunter gepackt und die Hand bildete mit unglaublicher Kraft eine Faust. Josh schrie vor Schmerz auf. Er fing an auf den Körper des Toten einzuschlagen, was diesen jedoch nicht sonderlich beeindruckte.

Doktor Stevenson stellte sich diese Situation jedoch etwas anders dar, da er von Joshs vorherigem Kampf nichts mitbekommen hatte. Als die Fahrstuhltür sich öffnete, sah er seinen Studenten, der von einem fetten Gespenst festgehalten wurde und sich offensichtlich nicht befreien konnte. Der Doktor wusste die Situation nicht einzuschätzen und machte ungläubig große Augen.

Josh versuchte mit aller Kraft sich loszureißen. Doktor Stevenson hatte sich indes besonnen und stürzte aus dem Aufzug. Er griff nach der Hand unter dem Tuch und drückte gleichzeitig Josh mit dem Unterarm weg. Irgendwie gelang es ihm, die beiden zu trennen. Josh wollte nur so schnell wie möglich aus der Reichweite dieses Monsters entkommen. Er rannte auf den Aufzug zu.

Doktor Stevenson schien den Ernst der Lage nicht zu begreifen. „Was zur Hölle geht hier vor, Josh?“

Noch bevor Josh eine Warnung ausstoßen konnte, sah er wie das Leichentuch herabrutschte und der Untote den Doktor am Hals zu fassen bekam. Ein erstickter Aufschrei des Doktors war das letzte was Josh wahrnahm. Der Mund des Untoten schnellte vorwärts und riss dem Doktor die Hälfte der Kehle heraus. Der Doc startte Josh aus glasigen Augen an und hatte seinen Mund halb geöffnete. Das Blut sprudelte ihm aus dem Hals und auf die Fliesen. Sein untoter Angreifer zog ihn hinter einem Obduktionstisch zu Boden und die beiden verschwanden aus Joshs Sichtfeld. Dieser hatte den Aufzug erreicht und hämmerte wahllos mit der Faust auf die Etagenwahlknöpfe. Der Fuß des Doktors zuckte noch hinter dem Tisch. Die Tür glitt zu.

Ray (5)

Die Boeing 737 war für einen Samstag ungewöhnlich leer. Lediglich rund dreißig Passagiere befanden sich an Bord. Als sie die Fluggäste während des Einsteigens begrüßt hatten, war Ray ein kleines Mädchen in einem rosafarbenen Kleid aufgefallen. Sie hatte ihr blondes Haar zu einem Zopf geflochten und strahlte über das ganze Gesicht. Nicht nur, dass Fliegen an sich schon ein Abenteuer für sie war – es war außerdem unverkennbar, wie sehr das Kind sich auf die Ferien freute. Sie erinnerte ihn mit ihrer Unbekümmertheit an Eve.

Ray checkte die Wetterinformationen und ließ vom Bordcomputer die optimale Route nach Washington berechnen. Laut Wettervorhersage waren für diesen Tag starke Schauer im Anmarsch. Bei den momentanen Windverhältnissen würde ihre Flugzeit vier Stunden betragen, circa dreißig Minuten länger als unter normalen Umständen. Ray stöhnte innerlich. Er wollte nach Hause.

Er startete die Triebwerke und rollte Richtung Landebahn. Aus dem hinteren Bereich hörte er Mias schrille Stimme die Sicherheitshinweise verkünden. „Herzlich Willkommen auf Flug 303 der Augusta Airline… Im Falle eines Höhenverlustes fallen Sauerstoffmasken aus den Fächern über Ihnen. Bitte ziehen Sie…“

Ray hatte diese Anweisungen schon tausendfach gehört. Als er die Starterlaubnis vom Tower bekam, schoss die Boeing mit knapp dreihundert Sachen über die Startbahn und flog in einer langgezogenen Linkskurve Richtung Washington. Kurz nachdem sie eine Flughöhe von dreitausend Metern überschritten hatten, passierte es.

„Sir, nein Sir, das ist jetzt nicht möglich, bitte setzen Sie sich wieder hin. Wir starten jetzt.“ „SIR, ich muss Sie bitten…“

Plötzlich rumpelte es im Passagierbereich.

Was war da los? Wahrscheinlich wieder ein Fluggast, der seine Blase nicht im Griff hatte. Ray sehnte sich nach einem Whiskey. Über die Gegensprechanlage funkte er Cathy an. „Was ist das für ein Lärm bei euch?“

„Irgend so ein Arschloch hat in den Gang gekotzt. Der Typ sieht gar nicht gut aus. Ich frage mich, wer den hat einsteigen lassen – warte mal, der will sich nicht hinsetzen, ich muss Mia helfen.“

Plötzlich schrie Cathy. Ray schnallte sich los und sah Nick an. „Du übernimmst.“ Weitere Schreie, diesmal auch von anderen Personen. Ray öffnete die Cockpittür und schaute in den Passagierbereich – das Bild, welches sich ihm darbot, kam auf zwei Kanälen in seinem Gehirn an: Das visuelle Signal zeigte Mia, die auf dem Boden in einer gewaltigen Lache von Erbrochenem lag sowie einen hünenhaften Mittvierziger, der auf ihr hockte und Fetzen von Fleisch aus ihrem Hals riss. Aus Mias Hals schoss eine Fontäne von Blut und sorgte für eine abstrakte Malerei an der Flugzeuginnenwand. Die übrigen

Gäste drängten sich in jede Ecke des Flugzeuges zurück und starrten wie paralysiert auf die unwirkliche Szene, die sich vor ihren Augen abspielte. Das Mädchen in dem rosafarbenen Kleid verkroch sich im Schoß ihrer Mutter. Das kognitive Signal, das in Rays Gehirn ankam, sagte ihm, dass er vermutlich gerade seinen Rausch in einem Hotelbett ausschlafe und träume.

Als die Fassungslosigkeit dem Entsetzen wich, rannte er auf den Mann zu. Ray war früher ein passabler Kicker für sein Footballteam, und dieser Verrückte würde gleich erfahren, wie sich ein Kick-Off von seinem rechten Fuß anfühlte. Mit voller Wucht traf er den Kerl am Kinn, so dass dessen Kopf nach hinten flog und einen Blick auf die Überreste von Mias Hals freigab, die in seinem Mund hingen.

Entweder hatte Ray eine verzerrte Erinnerung an seine Schusskraft, oder der Typ war verdammt hart im Nehmen. Anstatt auf die Bretter zu gehen, schoss der Hüne vor und rammte Ray mit der Schulter in den Brustkorb. Ray fand sich zwei Meter weiter hinten auf dem Gang liegend wieder und fühlte sich, als hätte ihn ein Pferd getreten. Dann wurde ihm schwarz vor Augen.

Als sich sein Blick klärte, sah er das Hünen-Ding über sich stehen. Blut und Hautfetzen hingen in seinem Gesicht, das kaum noch menschliche Züge hatte. Ray wollte aufstehen, aber er hatte keine Kraft. *Was zur Hölle ist hier los?* Das Vieh würde sich jeden Moment über ihn hermachen. Er griff unter einen

Sitz neben sich und zog die Schwimmweste hervor. Gerade als der zu groß geratene Hurensohn von einem Fleischfresser sich auf ihn stürzte, zog er an der Schnur und presste die Weste zwischen sich und das Vieh, welches nur Zentimeter von seinem Gesicht entfernt nach ihm schnappte. Als das Gewicht des Angreifers auf ihm lastete, entwich ihm erneut die Luft aus den Lungen. Der Kerl musste mindestens einhundertzwanzig Kilo wiegen. Die Zähne schnappten unaufhörlich nach seinem Gesicht und die Weste verlor bereits Luft. Wie in Zeitlupe kam sein, wie wild um sich beißender, Angreifer immer näher an ihn heran. Plötzlich erschien in seinem äußeren Blickfeld ein roter Gegenstand. Während er sich noch fragte, was das sei, hörte er schon den dumpfen Aufprall des Feuerlöschers am Kopf des Hünen. Dann sah er Nick, der den Feuerlöscher beiseite warf und ihm auf die Beine half. Langsam wurde Ray der unglaubliche Lärm bewusst, der hier drinnen herrschte. Das Flugzeug befand sich im totalen Ausnahmezustand, die Passagiere drehten durch.

Einige schlossen sich in den Waschräumen ein, aber der Großteil war in Panik und kaum zu rationalen Entscheidungen fähig. Viele schrien und verkrochen sich hinter ihren Sitzen. Ray konnte kaum einen klaren Gedanken fassen. Er schleppte sich zum Cockpit und sah nach dem Autopiloten. Zumindest befand sich die Boeing noch auf Kurs. Vielleicht bekamen sie alles wieder in den Griff. Er wollte Nick gerade die Anweisung geben, nach dem Hünen zu schauen, als er seinen Co-Piloten einen Schrei ausstoßen hörte, der ihm das Blut in den Adern gefrieren ließ. Als er sich umdrehte, sah er Nick am Boden liegen, das Ding machte sich über ihn her. Diese Bestie hatte nicht nur unmenschliche Kräfte, sondern anscheinend auch ein geringes Schmerzempfinden, denn sein vom Feuerlöscher deformierter Schädel lief an der linken Seite langsam aus. Das hinderte ihn aber nicht daran, seinen langjährigen Freund und Kollegen zu zerfleischen. Ray handelte instinktiv. Er nahm eine kleine Flasche Jack Daniels, die er für Notfälle in der Uniform hatte, und schlug den Flaschenboden ab. Dann rammte er dem Vieh die Flasche ins rechte Auge. Ein undefinierbarer Schmerzenslaut – anscheinend merkte der Hurensohn also doch noch etwas – ertönte, bevor der Riese nach hinten umkippte. Um auf Nummer sicher zu gehen, nahm Ray den Feuerlöscher und schlug so lange auf den Schädel ein, bis von dem Kopf nichts mehr zu erkennen war. Dann schaute er nach Nick.

„Scheiße Nick, was ist hier los?“

Nick antwortete nicht. Er hatte eine klaffende Wunde am Bein und schien ohnmächtig zu sein. Jemand musste die Wunde versorgen. Wo war Cathy?

„CATHY!“, schrie er durch das Flugzeug, aber immer noch war der Tumult zu groß, als dass dies irgendeinen Sinn gehabt hätte. Er musste die Leute beruhigen. Er musste Nick versorgen. Und dafür musste er notlanden.

Ray (6)

Rays Verstand arbeitete auf Hochtouren. Er versuchte eine Verbindung zur Flugsicherung zu bekommen, aber die Leitung schien gestört. *Wenn Scheiße, dann Scheiße mit Schwung*, dachte Ray. Er checkte die Navigation und suchte nach einer passenden Landemöglichkeit. Die Boeing befand sich immer noch nicht auf Reiseflughöhe, sondern erst bei rund fünftausend Metern. Er hatte keinen Blick mehr auf den Untergrund, daher musste er sich darauf verlassen, was sein Radar sagte: Nichts als Bäume. Sie überflogen momentan den Gifford Pinchot National Forest. *Verflucht.* Der nächstliegende Flughafen war rund zwanzig Minuten entfernt. Es handelte sich um einen kleinen Militärflughafen, westlich vom Mount Evans. Er musste es versuchen.

Gerade als er die Koordinaten eingeben wollte, ertönte neuerliches Gekreische aus dem Passagierbereich. Ray drehte sich um und sah Nick vor sich stehen. Oder besser gesagt das, was früher einmal Nick war. Er wusste nicht was das Hünen-Ding für eine Krankheit hatte, aber allem Anschein nach war sie hoch ansteckend. Nicks Blick wies einen Wahnsinn auf, wie Ray ihn bei seinem sonst so ruhigen Kollegen noch nie gesehen hatte. Eine kurze Zeit starrten sich beide an und die Zeit schien still zu stehen. Dann brach die Hölle los.

Martha White spazierte an diesem bewölkten

Sonntagnachmittag gemütlich ihre tägliche Runde um den Gifford Lake. Die rüstige Rentnerin lebte in einem der vereinzelten Ferienhäuser in der Nähe. Sie war in Gedanken versunken, denn sie konnte sich einfach nicht entscheiden, ob sie einen Apfel- oder Pflaumenkuchen backen sollte. Später würden ihre Freundinnen Rita und Laura zu Besuch kommen und die Kuchenwahl war ein sehr brisantes Thema zwischen den Dreien – jede hielt sich für die beste Bäckerin. Insbesondere Ritas herablassende Kommentare konnten einen auf die Palme bringen. Martha überlegte gerade, ob sie Ritas Kuchenstück nicht mit ein wenig Abführmittel garnieren sollte, als sie das Dröhnen wahrnahm, das immer lauter wurde. Sie schaute sich um, konnte den Grund für den Lärm aber nicht erkennen. Ihr Blick wanderte zum Himmel, da der Krach von oben zu kommen schien. In der grauen Suppe aus Wolken war nichts zu sehen, aber das Dröhnen wurde so schmerzhaft, dass Martha sich die Ohren zuhielt. Dann geschah es. Die alte Dame traute ihren in die Jahre gekommenen Augen nicht, als sie sah, was sich dort oben abspielte: Aus den Wolken schoss mit halsbrecherischer Geschwindigkeit ein weißes Flugzeug, das sich im Sturzflug auf den See befand. Alle Gedanken an das Kuchenessen waren verflogen. Martha dachte nicht einmal mehr daran, sich in Sicherheit zu bringen. Die Boeing, die genau auf sie zusteuerte, hatte die gleiche Wirkung auf sie, wie das Abführmittel auf Rita hätte haben sollen – sie verlor die Kontrolle über ihre Ausscheidungsorgane und stieß einen schrillen Schrei aus.

Im Flugzeug herrschte das totale Chaos. Auf dem Boden des herrenlosen Cockpits lag der nun wirklich leblose Körper von Nick. Zumindest der Teil bis zum Hals. Der Kopf lag auf der anderen Seite der Cockpittür, wo Ray sich gerade aufrappelte. Nachdem Nick ihn anfallen wollte, hatte Ray ihn an den Schultern gepackt und ins Cockpit geschleudert. Dabei waren einige Instrumente zu Bruch gegangen. Ray wusste, dass er auf engem Raum gegen den wie besessen um sich schnappenden Nick keine Chance haben würde, daher sprang er in den Vorraum. Mit bemerkenswerter Geschwindigkeit wirbelte Nick herum und wollte seinen ehemaligen Captain anfallen. Ray handelte gedankenschnell und rammte die Cockpittür zu, als Nick den Kopf nach ihm ausstreckte. Immer und immer wieder schlug Ray die Tür auf und zu. Nicks Kopf machte dabei immer wieder Geräusche wie eine Tomate, die von einem Auto überfahren wird. Mit dem letzten Ruck schlug Ray die Tür so fest zu, dass er Nick den Kopf abtrennte. Dabei verkantete sich die Tür so unglücklich, dass er sich selbst ausgesperrt hatte.

„FUUUUCK!“ Ray war voller Adrenalin. Er schaute sich im Flugzeug um und bemerkte erst jetzt, dass sie sich im Sturzflug befanden. Die Schreie der Passagiere wurden durch die Masken gedämpft, die aufgrund des Druckabfalls aus der Kabinendecke gefallen waren. Eine solche Situation stellte eine Luftnotlage dar, da je nach Flughöhe akute Erstickungs- und Hypothermiegefahr sowohl für die Flugbesatzung als auch für die Passagiere bestand. Als Ray das Hünen-Ding auf dem Gang und den Kopf von Nick – oder das was davon übrig war – vor sich liegen sah, dachte er, dass es für tollwütige Fluggäste oder

Besatzungsmitglieder keinerlei Hinweise im Pilotenhandbuch gab. *Passiert das hier gerade wirklich?*

Ray musste ins Cockpit, ansonsten waren Erstickung oder Hypothermie die kleinsten Probleme für alle Anwesenden. Ihm selbst wurde aufgrund des Höhenverlustes bereits schummerig. Vergeblich versuchte er die Tür zu öffnen. Während seiner verzweifelten Versuche schaute ihn ein Augapfel aus Nicks Gesichtsresten spöttisch an. „Fick dich!“, schrie Ray. „Fick dich, fick dich, fick DIIIICCCHHH!“

Mit einem Urschrei löste er die Verkantung und riss die Tür auf. Ray handelte wie auf Autopilot. Das war auch gut so, denn der Autopilot des Flugzeugs war ausgefallen. Sie flogen aus rund viertausend Metern Höhe mit knapp fünfhundert km/h Richtung Boden. Ray blieben folglich noch dreißig Sekunden. Er wusste, dass eine normale Landung unmöglich war, selbst eine erfolgreiche Notlandung war mehr als unwahrscheinlich. Dann tat er etwas, dass er seit Jahren nicht mehr gemacht hatte. Ray Thompson betete.

Scott (7)

Scott wachte auf und fühlte sich ziemlich gerädert. Der verdammte Wecker zeigte doch erst 9 Uhr morgens. *Der frühe Vogel kann mich mal.* Scott setzte sich auf und fuhr sich durch die Haare. Mittlerweile zogen sich feine, graue Fäden durch sein ansonsten schwarzes Haar. Sein Dad war auch früh grau geworden. Seine Mom schien das nie zu stören und Jane beschwerte sich bei ihm auch nicht darüber. Nach einer heißen Dusche ging Scott hinunter und setzte frischen Kaffee auf. Von Jane und Sam war noch nichts zu sehen. Nachdem er eine Tasse vom Kaffee getrunken hatte, überlegte er, was er mit dem angebrochen Morgen anfangen sollte. Er schmierte sich ein großes Sandwich und plante seinen ersten freien Tag.

Er musste nicht lange nachdenken. Scott entschied sich, seiner Nachbarin Mrs. Wilkes einen Besuch abzustatten. Die alte Lady hatte zweiundachtzig Jahre auf dem Buckel und ihr Mann war im letzten Sommer leider plötzlich verstorben. Körperlich machten sich in diesem stolzen Alter die ersten Gebrechen bei ihr bemerkbar, allerdings war davon nichts zu merken, wenn sie ihn im Kommandoton Büsche in ihrem Garten umsetzen ließ. *Ich bin doch selbst schuld, wenn ich ihr meine Hilfe anbiete.* Vielleicht konnte er ihr ja auch heute etwas zur Hand gehen. Normalerweise sprang dafür immer ein großes Stück Kuchen oder eine andere Leckerei heraus. Scott leckte sich die Lippen und zog sich seinen Blaumann ein rotes

Flanellhemd und seine Arbeitsstiefel an. Dann trat er vor die Haustür. Er grüßte einige Nachbarn, die bereits im Garten saßen, ihn aber ziemlich merkwürdig ansahen.

Die alte Dame wohnte nur ein Haus weiter. Es war ein Holzhaus wie seines. Die rote Lackfarbe der Fassade blätterte schon leicht. *Darum werde ich mich im Frühjahr kümmern.*

Er klingelte an der Haustür. Sie öffnete ihm, strahlte und kniff ihm in die Wange so gut sie es eben vermochte. Scott kratze mit seiner Größe die zwei Meter an, Betty Wilkes war um die 1,60 Meter groß.

„Der kleine Scotty Gerber“, zwinkerte sie. Die alte Lady schien putzmunter zu sein.

„Ich dachte mir, ihr Dach könnte mal wieder vom Laub befreit werden“, frotzelte Scott.

Sie starrte ihn etwas ungläubig an. „Mein lieber Mister Gerber“, erboste sie sich plötzlich. „Am heiligen Sonntag unseres Herrn werde ich ruhen, wie es seit je her vorgesehen ist“.

Ach ja, der verdammte heilige Sonntag. Kein Wunder, dass die Nachbarn mich ansehen, als stamme ich vom Mars. Jetzt stand er hier, in voller Arbeitsmontur und bekam eine Standpauke von seiner Nachbarin. Betty Wilkes schien zu bemerken, dass Scott etwas zerknirscht aussah. „Komm erst mal rein und iss ein großes Stück Zimtkuchen“, lächelte sie und machte eine beschwichtigende Geste. Sein Blick erhellte sich ein wenig. *Doch ein Punktsieg, wenn auch knapp,* dachte er sich.

Die beiden gingen durch den kurzen Flur in die Küche. Im Flur hing die Garderobe, die Bob Wilkes selbst gebaut hatte. Die Kleiderhaken bestanden aus Hirschhorn. Betty Wilkes verstorbener Ehemann ging regelmäßig zur Jagd, als er noch lebte. Scott hatte die Garderobe nie gefallen, aber er hütete sich, das zu sagen.

Scott bekam ein großes Stück Zimtkuchen aufgetischt, den er sofort geräuschvoll verspeiste.

„Jetzt wo die Tür geschlossen ist, gibt es wirklich eine Kleinigkeit, bei der du mich unterstützen könntest", sagte Betty.

Wenn er es genau betrachtete, schien seine Nachbarin Schmerzen zu haben, so wie sie teilweise ihre Augen verkniff. „Was ist passiert, Ma'am?" Scott machte sich nun ein wenig Sorgen.

Sie fing an zu erklären. „Also, das war wirklich kurios. Ich fuhr mit dem Fahrrad wie jeden Sonntagmorgen und drehte eine große Runde bis zum Waldrand. Auf dem Heimweg saß ein kleiner Junge von vielleicht zehn Jahren auf dem Bürgersteig und es sah so aus, als ob er krampfte und Schmerzen hätte. Ich hielt natürlich an und stieg ab, um ihn mir anzusehen. Ich wollte dem Kind helfen, aber als ich ihn am Kopf berührte, schoss er hoch und biss mir in den rechten Arm. Ich war so erschrocken, dass ich schnell auf mein Fahrrad aufstieg und weiterfuhr. Fünfzehn Minuten später warst du dann hier und hast geklingelt." Die alte Dame blickte auf, so als wolle sie ihre eigene Geschichte im Kopf noch einmal überprüfen.

Seine Nachbarin zog den Ärmel ihrer rechten Bluse ein Stück hoch, um ihm die Verletzung zu zeigen. Die Wunde sah schlimm aus. Der Biss erreichte beinahe den Knochen, auch wenn er von einem erkennbar kleinen Gebiss stammen musste. Scott wurde ärgerlich. *Wer beißt denn eine alte Lady?*

„Der Junge sollte sich was schämen, Mrs. Wilkes. Kannten sie ihn?"

Betty Wilkes dachte nach, winkte dann aber ab. „Nein. Der Junge hatte den Kopf die ganze Zeit gesenkt und als er mich biss, habe ich mich so erschrocken, dass ich gar nicht mehr darauf geachtet habe."

Scott kam das alles sehr merkwürdig vor. Er stellte seinen Kuchenteller in die Spüle.

„Könntest du wohl in mein Badezimmer gehen und dort einen Leinenverband holen? Ich habe es mit einem Pflaster versucht, aber das hat nicht ausgereicht und konnte die Blutung nicht stoppen", sagte Betty. „Ich werde mich derweil setzen, mir ist doch ein wenig schwindelig."

Scott blickte mitleidig. Dann lächelte er sie an „Ich werde sie in Rekordzeit wieder fit bekommen", versprach er.

Mrs. Wilkes Augen glänzten. *So ein lieber Junge.*

Scott ging ins Badezimmer. Es war nicht gerade modern,

aber dennoch hübsch anzuschauen. Als er kurz aus dem Fenster sah, konnte er eine Flagge der Vereinigten Staaten im Garten wehen sehen. Er erinnerte sich, wie er mit Mr. Wilkes den Fahnenmast aufstellte und die Fahne hochzog Danach hatten sie ein Bier getrunken.

Scott hörte auf der gegenüberliegenden Straßenseite eine Scheibe klirren und schrak auf. Er blickte aus dem Fenster, aber konnte nichts erkennen. Hörte sich so an, als hätte einer der Nachbarsjungen mit dem Fußball einen Volltreffer gelandet.

Das Verbandsmaterial befand sich im Spiegelschrank, genau wie Mrs. Wilkes gesagt hatte. Er nahm ausreichend davon heraus. So ausgestattet machte er sich auf den Rückweg zu seiner Nachbarin.

Scott betrat die Küche. Er sah die alte Frau noch dort sitzen, wo er sie alleine gelassen hatte. Sie schlingerte etwas hin und her auf ihrem Stuhl. *Muss an ihrem Schwindel liegen.*

Er machte sich daran, den Verband zurecht zu schneiden. Plötzlich hörte er ein merkwürdiges, schmatzendes Stöhnen. Die alte Frau hatte sich erhoben und stand drei Meter von ihm entfernt. Sie stand aufrecht, aber die rechte Schulter hing herunter. Ihre blutunterlaufenen Augen sahen ihn direkt an. Immer wieder biss sie auf ihre Zähne und stapfte auffällig langsam in seine Richtung. Betty Wilkes erhob beide Arme so, als würde sie das zum ersten Mal machen. All ihre Bewegungen wirkten ungelenk und irgendwie seltsam verrenkt. Ihr Kopf wog hin und her und zuckte in seine Richtung. Und immer wieder dieses erbärmliche Geräusch aus ihrem Mund. Ein langgezogenes, gequältes Stöhnen.

„Ist alles in Ordnung?" Scott erhielt keine Antwort. Er sah, dass ihr ein Rinnsal aus Blut und Speichel aus dem Mund lief. Sie bewegte sich immer schneller auf ihn zu und schnappte plötzlich wie ein tollwütiger Köter. Der Fußboden war bereits mit Blutspritzern bedeckt. Scott hatte sich instinktiv rückwärts bewegt.

„Was zum Henker geht hier vor sich?" *Vielleicht hatte der Junge, der sie biss, die Tollwut,* schoss es ihm durch den Kopf. Scott wollte einen Rettungswagen anrufen, aber Betty Wilkes war ihm bereits zu nahe gekommen. Sie griff nach ihm.

„Hören Sie auf damit, ich will ihnen nicht wehtun!" Er legte seine Arme um die alte Frau und hielt sie so fest, dass ein Bär stolz auf die Umarmung gewesen wäre. Sie wand sich in seinem Griff wie eine Schlange. *Wie kann sie nur eine derartige Kraft entwickeln?* Ihr Gesicht war seinem nun sehr nahe. Ihre Pupillen waren trüb. Einzig die roten Adern stachen farblich hervor. Sie hatte jeglichen Verstand verloren.

Plötzlich ließ sie ihren Kopf blitzartig nach vorne schnellen und versuchte, ihm ins Gesicht zu beißen. Scott erschrak. Er stieß sie aus Leibeskräften von sich. Der Mann war ein Hüne mit Armen wie Oberschenkeln. Betty Wilkes flog ohne den Boden zu berühren annähernd zwei Meter rückwärts und kollidierte mit der Wand des Flures. Ihr Hinterkopf schlug mit einem berstenden Geräusch an der Wand an. Sie sackte in sich zusammen und hinterließ eine rote Spur an der weißen Wand auf ihrem Weg zum Fußboden.

Scott atmete schwer und dachte, er hätte seine Nachbarin getötet. Panik stieg in ihm auf. *Ich verliere meinen Verstand.* Einen anderen Gedanken konnte er nicht fassen. Er versuchte, sich zu konzentrieren und griff zu seinem Handy. *Ich muss die Cops und einen Rettungswagen rufen.* Wie sollte er das nur glaubhaft erklären?

Zu weiteren Überlegungen kam es nicht, denn Betty Wilkes war alles andere als leblos. Sie stützte sich an der Wand ab und kam erneut auf die Beine. Sie schmatzte und gab röchelnde Laute von sich.

Scott wollte verschwinden. Wie sollte sie ihm auch hinterherlaufen? *Rufe ich eben an, wenn ich in Sicherheit bin.* Scott machte kehrt und rannte auf die Haustür zu. *Nichts wie weg aus diesem Irrenhaus.*

Scott (8)

Scott erreichte die Tür und riss sie beinahe aus den Angeln. Flucht und Panikinstinkte leiteten ihn. Als er einen Schritt vor die Tür machte, glaubte er seinen Augen nicht zu trauen. Auf der Straße war der Teufel los. Menschen rannten um ihr Leben, verfolgt von Freunden und Verwandten. Der Nachbar von gegenüber lag reglos in seinem Vorgarten.

Hinter ihm sah Scott ein gewaltiges Loch in der Wohnzimmerscheibe des Nachbarhauses. Etwas, das einmal die Frau des Nachbarn war, saß auf dem Rücken seines Nachbarn und riss Fleischfetzen aus seinem Körper. *Sie frisst sein Fleisch um Himmels willen.* Ein alter Pontiac krachte einige Meter entfernt davon in einige Müllcontainer. Die Fahrerin stieg aus und erbrach sich auf den Bürgersteig. Dann schrie sie, als hätte sie den Leibhaftigen gesehen und krampfte auf dem Bürgersteig. Wenn man es hätte malen wollen, hätte man vermutlich zu wenig Rot gehabt, soviel Blut floss überall. Scott starrte gebannt auf das Szenario. Nun war er sich ganz sicher, seinen Verstand zu verlieren.

Die selbstlose Hilfe seiner Nachbarin holte ihn zurück in die Realität. In den fünf Sekunden, in denen Scott die Straße betrachtete, hatte sich ihm Betty Wilkes von hinten genähert. Er hörte sie im allerletzten Augenblick röcheln und drehte sich schlagartig zu ihr um. Ihn packte die Wut. Wenn ein Mensch in eine Situation gerät, in der es um Leben und Tod geht, gibt es drei mögliche Verhaltensweisen: Flucht, tot stellen, oder Kampf. Scott entschied sich für Option eins.

Ich muss meine Frau und meinen Sohn finden, dachte Scott. Er legte Betty Wilkes eine Hand um den Hals und hob sie vom Boden hoch, als wäre sie ein Spielzeug. Er verzog angewidert das Gesicht, als er sie ansah. Das war er da vor sich hielt, hatte nichts mehr mit der reizenden, alten Frau zu tun, die er seit Jahren kannte. Als er sich diese Erklärung gab, rannte er los und rammte sie mit dem Rücken voran in den Hirschhorn-Haken der Garderobe. Das Horn trat auf der Brustseite wieder aus ihrem Körper hervor.

Er wich ein Stück zurück. Nun hing die Frau ordentlich aufgehängt neben ihrer Regenjacke. Scott traute seinen Augen nicht. Selbst sein letztes Manöver hielt dieses Biest nicht davon ab, weiter um sich zu schlagen. Aber das interessierte ihn gerade wenig.

„Versuch jetzt noch mal, dich an mich heranzuschleichen", sagte er.

Ich muss mich zusammenreißen. Denk nach Scott. Er wollte erst zu Hause nachsehen, ob Jane und Sam es heim geschafft hatten und dann zu seinen Eltern fahren. Über die Straße wollte er es gar nicht erst versuchen. Dort wimmelte es schon von diesen fleischfressenden Bestien. Immer wieder sah er das Bild der Frau vor sich, die ihren Mann fraß. Er fragte sich, ob Jane dazu fähig wäre. Andersherum war auch Mrs. Wilkes Zeit ihres Lebens ein liebenswürdiger Mensch gewesen. Irgendetwas hat diese Leute krank gemacht. Sie waren nicht mehr Herr ihrer Sinne. Er wollte sichergehen, dass ihm außer seiner Familie niemand zu nahe kam. Zu so einem Monster wollte Scott Gerber nicht werden.

Er setzte sich in Bewegung. Beim Durchqueren des Wohnzimmers fiel ihm der Stahlschrank auf, in dem Bob Wilkes alle seine Jagdflinten aufbewahrte. Scott hatte nicht die leiseste Ahnung, wo sich der verdammte Schrankschlüssel befand. *Ich brauche zwei volle Stunden, um dieses Scheißding aufzubrechen,* stellte er fest, als er ihn sich genauer ansah. Soviel Zeit hatte er nicht. Er ließ die Gewehre, wo sie waren und ging weiter Richtung Hintertür. Im Garten schien alles ruhig zu sein. Jedenfalls konnte er nichts Verdächtiges erkennen. Als er den Holzzaun erreichte, der ihre Grundstücke voneinander trennte, begann er, ihn zu überklettern. Der Zaun war ungefähr 1,50 Meter hoch. Als Scott oben auf den Latten saß, brachen diese und er landete unsanft auf seiner Grundstückseite. *Verfluchte Scheiße, ich bin wirklich zu fett.* Zum Glück hatte niemand etwas bemerkt. Er schloss die Gartentür zu seinem Haus auf und ging hinein.

Drinnen rief er die Namen seiner Ehefrau und seines Sohnes aus voller Kehle. Keine Antwort. Nachdem er das ganze Haus nach den beiden abgesucht hatte, schnappte sich Scott seine Autoschlüssel. Er ging durch die Garage. Auf dem Boden vor ihm lagen seine Werkzeuge. Er nahm seine Axt an sich. Das Tor war noch verschlossen. Sein Pickup stand etwa fünf Meter hinter diesem Garagentor. Sobald es sich öffnete, musste er schnell sein. *Eine meiner großen Stärken.* Ein Druck auf den Auslöser und das Tor rumpelte nach oben.

Er hatte das Gefühl, dass das Tor sich in Zeitlupe öffnete. Als es oben angekommen war, rannte Scott los wie ein Wahnsinniger. Er konnte sehen, wie die Bestien über die Straße zu ihm herüber starrten. Sie hatten ihn bemerkt und bewegten sich in seine Richtung. Man hätte meinen könnten, dass er Erdmännchen anlocken wollte, so heftig wackelte er mit dem Schlüsselbund beim Aufschließen der Autotür. Er schaffte es, bevor diese Viecher bei ihm waren. Scott setzte mit hoher Geschwindigkeit rückwärts aus der Einfahrt. Er donnerte über den Grünstreifen und erwischte mit seinem Heck eine weibliche Bestie. Diese prallte auf den Boden und rutschte ein ganzes Stück über den Asphalt. Dann kam sie sofort wieder auf die Beine. *Nicht gerade leicht umzubringen, diese Arschlöcher.* Der Pickup setzte sich mit quietschenden Reifen in Bewegung. Scott wollte so schnell wie möglich zu seinen Eltern. Während der Fahrt versuchte er mehrere Male, mit seinem Handy seine Frau und die Polizei zu verständigen. Die Leitungen waren alle tot. Wie groß war diese Katastrophe bereits?

Ray (9)

Gerade als Martha White sich von oben bis unten nach allen Regeln der Kunst eingeschissen hatte, krachte die Boeing 737 rund vierzig Meter von ihr entfernt in den Gifford Lake. Der Herzinfarkt knallte ihr Lebenslicht aus wie ein Überspannungsschaden einen Schutzschalter.

Ray wusste nicht, ob Gott, das Universum oder die letzten Reste seines gesunden Menschenverstandes zu ihm gesprochen hatten, aber er merkte, dass er Luft brauchte, wenn er hier noch etwas retten wollte. Er zog die Maske über, die aus der Cockpitdecke herunterhing. Frischer Sauerstoff durchströmte seine Lungen. Er kontrollierte den Höhenmesser. In rund zwanzig Sekunden würden sie auf dem Boden aufschlagen. Das Flugzeug durchbrach die graue Wolkendecke und Ray checkte hektisch die Umgebung. Nichts als Bäume.

Dann nahm er im Osten ein Glitzern wahr. Er schaltete die Turbinen ab und fuhr die Landeklappen aus, um den Fall der Boeing zu bremsen. Es schien kaum einen Unterschied zu machen, die Baumkronen näherten sich immer noch in Rekordgeschwindigkeit. Ohne zu wissen, wie es den Passagieren mittlerweile ging, funkte Ray über den Bordlautsprecher das Notsignal: „Schwimmwesten unter den Sitzen! Brace! Brace! Safety Position!“

Ray zog die Maschine nach Steuerbord und flog im Steilflug eine langgezogene Rechtskurve. Er hatte Recht gehabt. Das Glitzern zwischen den Bäumen war die Wasseroberfläche eines riesigen Sees. Nicht ideal, aber besser als Bäume. Trotzdem waren sie immer noch viel zu schnell. Ray entschied, dass es keine Alternative gab. Er musste es versuchen. Der Großteil der Passagiere hatte sich im vorderen Teil der Maschine befunden, daher zog Ray die Nase der Boeing leicht hoch, so dass der hintere Teil des Flugzeuges zuerst auf dem Wasser aufsetzte. Die unglaublichen Kräfte, die auf den Rumpf einwirkten, ließen die Maschine direkt entzweibrechen. Als der vordere Teil auf den See klatschte, barsten die Scheiben des Cockpits. Sofort füllte sich der Innenraum mit Wasser. Ray spürte einen stechenden Schmerz im rechten Knie, aber er war bei Bewusstsein. Das Flugzeug sank bereits. Er löste seinen Gurt und humpelte Richtung Passagierbereich. Viele der Menschen waren tot. Die, die überlebt hatten, schrien ununterbrochen. Das Wasser stand bereits knöchelhoch.

„Cathy!" Ray hatte seit dem Start nichts mehr von ihr gehört. Sie sanken weiter. Vor dem Notausgang schnallte ein Familienvater seine zwei Kinder los. „Sir, die Tür – ziehen Sie den Hebel!"

Zu Rays Verwunderung war der Mann bei erstaunlich klarem Verstand. Er nickte Ray kurz zu und öffnete dann die Notausgangstür. Sofort schoss weiteres Wasser herein, aber der Mann schob seine zwei Kinder nach draußen und kletterte dann hinterher. Weitere Passagiere folgten seinem Beispiel. Andere versuchten über die Bruchstelle in der Mitte der Maschine zu entkommen. Das Wasser stand mittlerweile kniehoch. Als Ray glaubte sicher zu sein, dass kein Überlebender mehr im Inneren war, zog er sich ebenfalls nach draußen und löste seine Schwimmweste aus. Die Boeing sank immer weiter. Im Film hörten die Überlebenden an dieser Stelle die Sirenen der Rettungsfahrzeuge – hier draußen in der Wildnis war damit nicht zu rechnen.

Auch wenn solche Ausnahmesituationen während der Pilotenausbildung besprochen wurden, war jegliche Simulation eine Farce. Nichts konnte einen auf eine reale Notlandung und das damit einhergehende Chaos vorbereiten. Das Wasser war eiskalt. Überall auf dem See waren Flugzeugtrümmer verteilt, die überlebenden Passagiere versuchten sich an das rund hundert Meter entfernte östliche Ufer zu retten. Neben Ray trieb eine Kinderleiche in einem rosafarbenen Kleid vorbei. Er merkte, wie sich seine Eingeweide zusammenzogen und ihn ein Gefühl der Ohnmacht zu überkommen schien. Das konnte alles nicht wahr sein. Die Kälte des Wassers lähmte die Durchblutung seiner Gliedmaßen. Er musste hier raus. Ray drehte sich um und begann, hinter den anderen Passagieren her, in Richtung Ufer zu kraulen.

Ray (10)

Am Ufer angekommen, zog Ray sich aus dem Wasser. Sein Knie pochte dumpf, aber sein Körper pumpte raue Massen an Adrenalin durch seine Adern und betäubte seine Schmerzen. Die meisten der Überlebenden hatten sich an einer Lichtung am Waldrand zusammengefunden, wo viele verzweifelt versuchten, ihre Handys in Gang zu bekommen. Der Familienvater, der die Tür des Flugzeuges geöffnet hatte, tröstete seine beiden Kinder, ein kleines Mädchen und ihren jüngeren Bruder. Nicht weit davon entfernt leistete eine Frau erste Hilfe für einen Mann, der auf dem Boden lag. Die Frau kniete mit dem Rücken zu ihm, daher war sich Ray nicht sicher, ob er seinen Augen trauen konnte, als er zu der Lichtung humpelte. Dann erkannte er sie. „CATHY!"

Als sie den Kopf zu ihm herumdrehte, wurde er von einem unerwarteten Glücksgefühl überwältigt. Sie war es wirklich. Doch nicht nur Cathy, auch die übrigen Überlebenden nahmen ihn nun wahr und überschütteten ihn mit Fragen.

„Captain, wo sind wir hier?" - „Wie konnte das passieren?" - „Wo ist meine Frau?" - „Was hat das alles zu bedeuten?" - „Wo bleiben die Rettungskräfte?" -„Was sollen wir nun tun?"

Ray zählte außer sich elf weitere Überlebende, die sich an diesem Ort versammelt hatten. Ob es noch weitere gab, konnte er momentan nicht beurteilen.

„Beruhigen Sie sich…“, versuchte es Ray, doch an Ruhe war überhaupt nicht zu denken. Die Leute bedrängten ihn, verzweifelt auf der Suche nach jemandem, der ihnen in diesem Chaos eine Orientierungsmöglichkeit gab.

Ray schob die Menschen von sich und bahnte sich einen Weg zu Cathy. Sie selbst schien unverletzt und hatte den Mann auf dem Boden mittlerweile stabilisiert. Sie fiel Ray um den Hals, sobald er sie erreichte. „Geht es dir gut? Wie konnte das passieren?“

„Ich weiß es noch nicht, Cathy. Aber ich weiß, dass wir die Menschen hier beruhigen müssen. Ich brauche deine Hilfe.“

Cathy nickte und schob sich zwischen Ray und die überlebenden Passagiere, während dieser sich auf eine Bank auf der Lichtung stellte.

„Hören Sie mir zu! Mein Name ist Captain Raymond Thompson, Pilot der Boeing 737 des Augusta Airline Fluges 303, die soeben im Lake Gifford notlanden musste. Unsere Rettung wird bereits unterwegs sein. Die Flugsicherung kann anhand der Radaraufzeichnung unseren Absturzort relativ genau eingrenzen. Leider befinden wir uns bis auf ein paar vereinzelte Blockhütten fernab jeglicher Zivilisation, weshalb es einige Stunden dauern kann, bis die Rettungskräfte eintreffen. Bis dahin müssen wir uns bestmöglich organisieren. Für alle gilt: Bitte bleiben Sie zusammen und entfernen Sie sich nicht von unserer Gruppe hier auf der Lichtung! Wer unverletzt ist, der meldet sich bitte bei meiner Kollegin Miss Pearson oder mir.

Sie erhalten dann weitere Instruktionen."

Als Chris Foster den ohrenbetäubenden Lärm am See hörte, rannte er sofort nach draußen. Sein Ferienhaus lag rund anderthalb Kilometer südlich des Gifford Lake, und von der Straße aus hatte er freie Sicht auf den See. Er traute seinen Augen kaum, als er das mittlerweile in zwei Teile zerborstene Wrack der Boeing langsam sinken sah.

Schwarzer Rauch stieg vom See aus auf und er hörte verzweifelte Schreie von Kindern und Erwachsenen. Sofort zog er sein Handy und versuchte vergeblich den Notruf zu erreichen. Das verdammte Handynetz war schon den ganzen Tag über ausgefallen, genau wie das Festnetz. Dennoch rannte er so schnell er konnte ins Wohnzimmer und hob den Hörer ab. Kein Freizeichen.

Irgendetwas musste er tun. Chris schnappte sich aus der Küche die Schlüssel seines Pickups und eilte wieder nach draußen. Wenige Minuten später erreichte er die Unglücksstelle. Als er ausstieg, kam ihm ein blonder Mann mit markanten Gesichtszügen in einer völlig durchnässten Kapitänsuniform von einer Lichtung entgegen, auf der sich weitere Überlebende befanden.

„Sir, mein Name ist Captain Raymond Thompson. Wir mussten aufgrund eines Zwischenfalls an Bord notlanden. Wir sind momentan zwölf Überlebende, einige verletzt, viele unterkühlt und unter Schock. Wir benötigen schnellstmöglich Rettungskräfte hier vor Ort."

„Chris Foster. Das gesamte Kommunikationsnetz scheint tot zu sein. Ich erreiche niemanden“, antwortete Chris. „Aber ich habe ein Ferienhaus knapp anderthalb Kilometer entfernt. Wir können die Leute dort vorläufig unterbringen. Ich fahre in mehreren Touren mit dem Pickup.

Ray nickte und atmete innerlich auf. So konnte zumindest eine notdürftige Erstversorgung erfolgen. Gemeinsam mit Cathy und weiteren Überlebenden verluden sie die beiden Verletzten auf den Pickup, zwei weitere Passagiere fuhren im Auto selbst mit.

Nach einigen Minuten holte Chris die nächste Fuhre an Leuten. Ray und Cathy fuhren mit der dritten Tour. Während der Fahrt merkte Ray, wie Cathy seine Hand nehmen wollte. Er ließ es zu und merkte abermals, wie froh er darüber war, dass sie wohlauf war.

Josh (11)

Der Fahrstuhl fuhr den Aufzugschacht nach oben. Joshs Herz hämmerte in seiner Brust. Im Erdgeschoss kam der Fahrstuhl zum Stehen und die Türen öffneten sich. Vor ihm lag die große Eingangshalle des Krankenhauses. Das Bild, das sich ihm bot, ließ ihm das Blut in den Adern gefrieren. Hektisch flüchtende und schreiende Menschen. Keine zwei Meter vor dem Fahrstuhl saß ein großer Kerl auf dem Brustkorb einer schrill kreischenden Schwester und riss ihr mit den Zähnen ein großes Stück Fleisch aus ihrem Oberschenkel, das helle, arterielle Blut spritzte in einem hohen Bogen aus der Schlagader in Richtung des Aufzuges. Eine breite rote Blutspur bildete sich auf dem Boden.

So viel Blut. Josh wurde schwarz vor Augen. Sein letzter Gedanke galt seiner Mutter. Er hoffte inständig, dass sie es nach Hause geschafft hat. Josh torkelte rückwärts in den Fahrstuhl hinein. Er bekam keinen Halt und berührte im Fallen die Etagenwahlknöpfe. Danach schlug er mit dem Kopf an der Fahrstuhlrückwand an und ging zu Boden. Die Türen schlossen sich.

Die seichte Aufzugsmusik weckte Josh. Er blinzelte. Die Fahrstuhltüren standen offen. Die trübe Dunkelheit, die auf dieser Etage herrschte, wurde ab und an durch ein Lichtflimmern unterbrochen. Josh wusste nicht, wie lange er ohnmächtig gewesen war und versuchte sich zu orientieren.

Mehrere Lounge-Möbel säumten einen kurzen Flur zu einem großen Warteraum. Das Flimmern kam von einem großen Plasmafernseher, der in der Ecke des Raums an der Wand befestigt war. *Ich bin im Wartebereich der Praxis für Privatpatienten. Sonntags geschlossen!*

Josh richtete sich auf und verließ auf Zehenspitzen den Aufzug. Es war totenstill. Kein Wunder, denn er war im sechsten Stock. Trotzdem bewegte er sich so leise es ihm möglich war in die Praxis. Er konnte durch die Schlitze der Jalousien sehen, dass es draußen noch hell war. Lange hatte seine Bewusstlosigkeit also nicht gedauert. Josh ging auf die Fenster zu und blickte hinaus. Er erhaschte einen Blick auf die Stadt und den Platz vor dem Krankenhaus.

In der Ferne erkannte er an mehreren Stellen Rauchschwaden. Es waren offensichtlich einige Feuer ausgebrochen. Der Vorplatz des Krankenhauses glich einem Schlachtfeld. Überall lagen reglose Menschenkörper auf dem Boden. Und da waren andere „Menschen", die wie dieses Ding im Keller waren. Sie bewegten sich schlurfend über den Platz. Teilweise fraßen sie die Leichen der anderen. Die Menschheit war offenbar verrückt geworden. Die Toten blieben nicht mehr tot. Sie konnten sich bewegen. Menschen fraßen andere Menschen. Josh zweifelte an seinem Verstand. *Die Toten können sich bewegen. Es ist wie in den Filmen. Ich habe genug davon gesehen, um zu wissen was hier abgeht!*

Der ohrenbetäubende Lärm von Rotorblättern riss Josh aus

seinen finsteren Gedanken. Er kannte das Geräusch sehr gut, denn er hatte als Kind oft in so einer Maschine gesessen. Ein Militärhubschrauber vom Typ Sikorsky MH-60 donnerte im Tiefflug über das Krankenhaus.

Es war der Standarttruppentransporter. *Ein Blackhawk. Die Army! Dad!* Josh wurde bewusst, dass es offenbar noch Hoffnung gab. Sein Vater arbeitete im Stammpersonal eines nahe gelegenen Militärstützpunktes namens Fort Benning. Das Militär hatte es noch nicht erwischt. Er hoffte inständig, dass es seinem Vater gut ging. *Was auch immer hier für eine Scheiße abgeht, ich muss hier dringend verschwinden. Nach Hause zu meinen Eltern und dann zum Militärstützpunkt vor der Stadt.* Dort wären er und seine Familie in Sicherheit.

Ein erneuter Blick nach unten vor das Krankenhaus ließ Josh allerdings erkennen, dass dieses Unterfangen wohl nicht allzu leicht werden würde. Da unten war die Hölle los. Einfach durch den Haupteingang rauszuspazieren war keine Option. *Wenn ich da durch will, brauche ich einen verdammten Panzer.*

Einen Panzer würde er wohl kaum finden, aber er hatte eine andere Idee. *Ein Krankenwagen! Bleibt nur zu hoffen, dass in der Tiefgarage nicht so viele von diesen Arschlöchern ihr Unwesen treiben.*

Das war der beste Plan, der Josh im Augenblick einfallen wollte. Allerdings würde er etwas brauchen, um sich notfalls zu verteidigen. Josh schaute sich in den Räumen der Praxis um und entdeckte nach kurzer Suche einen Wandhydranten zum Feuerlöschen neben dem Aufzug. Josh hatte die Hoffnung, einen Feuerlöscher als Schlagwerkzeug zu ergattern. Er öffnete die Klappe und was er zu sehen bekam, freute ihn umso mehr. *Gott segne Amerika! Eine Axt. Jetzt hat der Weihnachtself eine Axt!* Allerdings wog die Axt doch einiges. Nach ein paar Probeschwüngen stellte Josh fest, dass ihm bereits jetzt die Arme brannten. *Scheiß Nintendo! Ich muss versuchen, so unauffällig wie möglich durch das Parkhaus zu kommen.*

Josh stieg wieder in den Aufzug und drückte die U1. Die Tiefgarage. Der Aufzug bewegte sich Richtung der Untergeschosse. *Das ist ein Himmelfahrtskommando, Pelletier.* Sein Herz schlug ihm erneut bis zum Hals. Er hatte zwei Loungesessel vor die Tür gestellt, so dass keins dieser Dinger direkt zu ihm reinkommen könnte, falls es da unten so schlimm aussah wie am Haupteingang. Der Aufzug kam zum Stehen. Die Leuchtanzeige zeigte U1, er musste also raus. Bereits durch die noch geschlossene Tür des Aufzuges konnte Josh eine Hupe hören, welche in regelmäßigen Abständen betätigt wurde.

Als die Tür aufging, wurde das Geräusch wesentlich lauter. Es war keins von diesen Mistdingern zu sehen, Josh bezweifelte allerdings ernsthaft, alleine auf der Etage zu sein. Auf den ersten Blick konnte er generell nicht viel erkennen. Da Sonntag war, befanden sich nur wenige Autos in der Tiefgarage. Die komplette Etage wurde von Neonröhren beleuchtet. Der Lärm der Hupe war ohrenbetäubend. Josh verließ den Aufzug vorsichtig, so dass nun etwas mehr zu sehen war.

Am anderen Ende der Tiefgarage war offenbar jemand beim

Versuch, eins von diesen Dingern zu Überfahren, mit seinem Kleinwagen in einen geparkten SUV gekracht. Das kontinuierliche Hupen war die Alarmanlage. Er konnte aus der Ferne erkennen, dass die Fahrertür des Kleinwagens offen stand. Um zu einem Rettungswagen zu kommen musste er in diese Richtung. *Hoffentlich hat der Fahrer erwischt, was er überfahren wollte.*

Josh lief auf die Rettungswagen zu. Da die Hupe alles übertönte, brauchte er sich nicht bemühen, sich besonders leise zu bewegen. Als Josh sich den Fahrzeugen näherte, sah er, dass sich zwischen den Fahrzeugen etwas bewegte. Eines dieser Dinger war eingeklemmt, allerdings nicht getötet worden. Ein Bein war offenbar beim Aufprall abgerissen worden und ein Teil der Gedärme hatte sich auf der Motorhaube verteilt. Der noch laufende Motor führte dazu, dass das strampelnde Ding langsam gegart wurde. Es stank nach verbranntem Fleisch. Josh versuchte den Blick so schnell wie möglich abzuwenden, um nicht auf den Asphalt zu kotzen.

Der Knall einer aufgeworfenen Tür ließ ihn aufgeschreckt herumfahren. Ein Mann in einer Sanitäteruniform kam mit panischem Blick aus dem Treppenhaus gesprintet. Offensichtlich erkannte er, dass Josh keines dieser Dinger war.

„LAAAUF!“, schrie er ihn an.

Josh realisierte warum der Typ so in Eile war. Er wurde von zwei Monstern verfolgt und die waren nicht so lahm und ungelenk wie der Fettsack aus der Pathologie. Wieder kam

Panik in Josh auf. *Wohin, Wohin, Wohin?*

Der Sanitäter hielt etwas in seiner ausgestreckten rechten Hand und zeigte damit auf die Rettungswagen. Das Klicken der Schlösser und das Aufblinken der Blinker am Rettungswagen ließen Josh realisieren, dass es ein Schlüssel mit Fernbedienung war. Josh griff fest nach seiner Axt und hechtete auf den Rettungswagen zu. Er riss die Tür auf und sprang auf der Fahrerseite in den Wagen.

„RUTSCH RÜBER!", brüllte der Sanitäter in vollem Lauf.

Josh tat wie ihm geheißen. Der Sanitäter sprang in den Rettungswagen und knallte die Tür ins Schloss. Er rammte den Schlüssel in die Zündung. Der Motor startete. Er legte den Rückwärtsgang ein und trat das Gaspedal bis ins Bodenblech. Mit durchdrehenden Reifen machte der Rettungswagen einen Satz nach hinten und überfuhr die beiden Untoten, die sie verfolgten. Der Sanitäter riss den Schaltknauf auf Dauerbetrieb und fuhr mit Vollgas los. Josh bemerkte ein Rumpeln, als der Rettungswagen die beiden Körper erneut überfuhr. Der Fahrer beschleunigte den Rettungswagen und fuhr in Richtung Ausgang des Parkhauses. Bei einer scharfen Kurve touchierte der Wagen ein geparktes Fahrzeug. Metall knirschte. Der Wagen wurde kaum langsamer und setzte seine Fahrt fort.

Die Auffahrt zum Ausgang der Tiefgarage kam in Sicht. Ohne zu Bremsen hämmerte der Fahrer das Fahrzeug auf die Auffahrt. Die Stoßdämpfer hielten dem Gewicht und der Geschwindigkeit nicht stand und die Wanne setzte krachend auf dem Asphalt auf. Josh war bei dem Geräusch sicher, dass die Achse gebrochen war. Doch zum Glück waren diese Rettungswagen robust und konnten einen solchen Schlag wegstecken.

Es wurde heller. *Tageslicht.* Die Beiden rauschten aus der Tiefgarage. Der Sanitäter riss das Steuer herum und bog auf den Platz vor dem Krankenhaus.

Josh traute seinen Augen nicht. Überall lagen angefressene Menschenkadaver in Klinikkleidung oder leichten Krankenhaushemdchen. Manche erhoben sich trotz beträchtlicher Wunden wieder und wankten umher. Vor ihnen stand eine der schmatzenden Bestien, doch diese wurde einfach aus dem Weg gefegt. Der Fahrer tat sein Bestes, den Kadavern und umher streunenden Untoten auszuweichen. Er lenkte den Wagen mit Höchstgeschwindigkeit nach links und bog auf die St. Michael Street. Hier sah es nicht besser aus. Überall standen Fahrzeuge mit offenen Türen oder eingeschlagenen Fenstern. Die Straßen waren gepflastert mit halb zerfressenen Körpern. Der Fahrer bog erneut ab, in eine kleine Gasse neben der Klinik. *Keine schlechte Idee, dahinter kommt der Park.*

Der Sanitäter wusste offenbar, wo er hin wollte. Er fuhr durch die Gasse und anschließend mit dem erstaunlich geländetauglichen Vehikel über die große Wiese im Park hinter dem Krankenhaus. Josh blickte sich in alle Richtungen um. Keine Menschenseele weit und breit. Er atmete tief durch und schaute dann zu seinem Retter hinüber.

Der Sanitäter hatte die Augen so weit aufgerissen, dass Josh dachte, dass ihm bald die Augen aus dem Kopf springen müssten. Josh entdeckte ein Namensschild auf seiner Uniform: *Cruz*.

„Wow, Cruz, du kannst fahren."

Der Fahrer blickte Josh hektisch an, er hatte selbst noch nicht realisiert, dass er sie durch seine tollkühne Fahrt gerettet hatte. Josh redete weiter auf ihn ein und langsam schien er zu begreifen, dass sie erst einmal entkommen waren.

„Was passiert hier? Wir hatten ein Unfallopfer im Wagen und auf einmal hat er uns angegriffen. Die sind alle verrückt!"

Josh erzählte Cruz, was ihm widerfahren war. Er erzählte vom Doc und der Schwester, die direkt vor seinen Augen gefressen wurde. Er sagte ihm, dass er einen Helikopter gesehen habe und dass sein Vater beim Militär sei. Er versuchte Cruz zu überzeugen, ihn erst nach Hause und danach zum Stützpunkt zu fahren.

Cruz wollte von dem Ganzen nichts wissen. Er wollte zu seiner Familie nach Lewiston. Frau und zwei Töchter. Er bot Josh allerdings an, ihn auf dem Weg dorthin zu Hause rauszuwerfen. Josh nahm dankend an. Sein Elternhaus war eine Ranch bei Townsville, einem kleinen Dorf vor der Stadt. Keine zwanzig Familien. Außer einer Tankstelle mit kleinem Markt an der Durchgangsstraße gab es nicht viel.

Die Fahrt dorthin verlief ereignislos. Niemand schien

unterwegs zu sein. Absolut verwunderlich, wenn man bedachte, was in der Stadt geschah. Josh rechnete damit, dass alles mit fliehenden Menschen voll sein müsste. *Warum flieht niemand?* Die Vororte schien der Wahnsinn also noch nicht erreicht zu haben.

Cruz ließ Josh an einer Durchgangsstraße nach Townsville aussteigen. Von dort war es nicht mehr weit. Josh bedankte sich und wünschte Cruz alles Gute für sich und seine Familie. Außerdem überließ er ihm seine Axt. Cruz war darüber etwas verwundert, aber Josh versicherte ihm, dass es bei den Pelletiers bessere Alternativen gab, um sich zu verteidigen. Er behielt jedoch für sich, dass er es für Irrsinn hielt nach Lewiston zu fahren. Falls es dort aussah wie in Augusta, wäre es Selbstmord.

Josh (12)

Josh sah dem Rettungswagen nach. *Selbstmord.* Er schüttelte den Kopf. Dann rannte er in Richtung Ranch.

Die Haustür war wie immer nicht verschlossen. Er riss das Fliegengitter zur Seite und öffnete die Tür. „MOM? DAD!?" Keine Antwort. *Oh Gott! Mom! Sie war vielleicht doch noch im Krankenhaus.*

„MOM!!?" Vergeblich. Er war allein. Er fühlte sich gerade wie der erbärmlichste Mensch der Welt. *Ich habe tatsächlich meine Mutter vergessen.* Bei dieser Ausnahmesituation hatte er sich nur darauf konzentriert, seine eigene Haut zu retten und keinen weiteren Gedanken an seine Mutter verschwendet. Er wurde von einer Welle der Verzweiflung überrollt und sackte schluchzend auf dem Fußboden zusammen.

Nach einer Weile hatte sich Josh wieder so weit gefasst, dass er aufstehen konnte. Er ging durch den Flur in die Küche. Auf der Anrichte lag ein Zettel.

Margarete, Josh. Wer auch immer das liest. Ich bin zum Stützpunkt beordert worden. Hier passiert irgendeine kranke Scheiße. Habe versucht, euch auf dem Handy zu erreichen. Schnappt euch den Wagen und kommt schnellstmöglich zum Stützpunkt. Packt ein Paar Sachen zusammen und dann beeilt euch! Haltet nicht an und nehmt keine Fremden mit! Mein alter Colt ist im Nachttisch, vielleicht braucht ihr ihn.

Dad

Es war der alte Colt von Joshs Großvater. Mit ihm hatte Josh schießen gelernt. Es handelte sich um einen kunstvoll gearbeiteten Colt 1911, welchen Großvater als Geschenk für geleistete Dienste im zweiten Weltkrieg erhalten hatte. Die Waffe war am Griffstück mit Nickel beschlagen und hatte einen verchromten Schlitten.

Nachdem sich Josh im Haus umgesehen hatte und sich versicherte, dass er allein war, machte er sich eilig daran, ein Paar nützliche Dinge zusammenzupacken. Er schnappte sich den nächstbesten Rucksack, den er finden konnte. *Nahrung und Waffen. Was noch?* Bis zum Stützpunkt war es nicht allzu weit, daher griff sich Josh zwei Flaschen Wasser und ein Paar Konserven aus dem Schrank. Anschließend ging er ins Schlafzimmer seiner Eltern im ersten Obergeschoss und holte die Pistole aus dem Nachtschrank, wo sein Dad sie üblicherweise aufbewahrte. Er ließ das Magazin aus dem Griffstück gleiten und kontrollierte den Ladezustand. *Sieben Schuss. Nicht gerade viel. Aber ich habe sowieso nicht vor, mich mit jemandem anzulegen.* Er suchte das Holster der Waffe. Als er es schließlich im Kleiderschrank fand, befestigte er es an einem Ledergürtel und holsterte den Colt.

Beiläufig warf er einen Blick aus dem Fenster und sah zwei Gestalten auf der Straße an der Einfahrt zur Ranch entlanglaufen. Sie bewegten sich nicht schnell, aber Josh konnte aus dieser Entfernung nicht ausmachen, ob es sich um Zombies handelte. *Zombies.* An diesen Gedanken wollte sich Josh noch nicht so recht gewöhnen. Doch sein Gehirn wollte ihm keine andere Erklärung für all dies liefern. Sie gingen in Richtung Augusta. Also genau entgegengesetzt zu der Richtung in die Josh fahren wollte. *Wenn die wüssten, was da los ist. Wie sah es wohl im Rest von Amerika aus?* Er schaltete den kleinen Röhrenfernseher im Schlafzimmer an. Der Ton setzte vor dem Bild ein.

„..uns erreichen immer wieder beunruhigende Meldungen aus den Großstädten. Es ist vermehrt zu unbeschreiblichen Gewalttaten gekommen. Menschen gehen scheinbar grundlos aufeinander los und zeigen hierbei ein enormes Gewaltpotential. Wir schalten live zu Liz, sie befindet sich auf dem Dach unseres Studios in New York."

Josh konnte noch einen Blick auf einen tapfer in die Kamera schauenden, örtlichen Nachrichtensprecher erhaschen, der auf die Schalte nach New York wartete.

„Liz, wie ist die Lage in New York?"

„Tom? Das ist der reinste Irrsinn. Auf den Straßen herrscht Anarchie. Wir haben exklusives Material vom Time Square, wo vor wenigen Minuten einige Personen scheinbar wahllos andere Passanten angegriffen haben. Was zu Beginn wie ein absurder Flashmob anmutete, wurde sehr schnell ernst. Denn die Personen gingen mit enormer Gewalt vor."

Es folgte ein Video, dass ein ähnliches Bild bot, wie das, was Josh im Krankenhaus erlebt hatte. Er starrte gebannt auf die Bilder. Menschen, die über andere herfielen und dabei offensichtlich keinerlei Erbarmen kannten. Ein Scharren aus dem Erdgeschoss ließ Josh aufhorchen. *Verdammt!*

Er warf einen hastigen Blick aus dem Fenster. Die Personen auf der Straße waren nicht mehr zu sehen. Hatten sie es sich anders überlegt und waren doch hier her gelaufen? Josh zog die Pistole und schlich langsam zur Treppe. Er spähte hinab und horchte ob es weitere Geräusche gab. Nichts.

Er schlich leise die Treppe hinab, die Waffe fest im Anschlag. *Ruhig zielen und dann schießen,* wiederholte Josh in seinem Kopf wie ein Mantra.

Etwa auf der Hälfte der Stufen hielt er inne und horchte erneut auf. Bis auf die gedämpfte Stimme der Reporterin von oben konnte er nichts hören.

Plötzlich hörte er das Geräusch von berstendem Glas. Josh erschrak und wirbelte zur Küchentür herum. Ein Schuss löste sich krachend und schlug in den Rahmen der Tür ein. Ein schattenhafter Umriss schoss aus der Tür, den Flur entlang und aus der Haustür hinaus. Josh schaute verwirrt hinterher und realisierte, dass es lediglich eine verdammte Katze gewesen war.

Sein Herz hämmerte noch immer in seiner Brust, als er sich langsam wieder beruhigte. *Das macht noch sechs Schuss. Ich sollte zusehen, dass ich hier weg komme.* Ohne Umschweife griff sich Josh den Rucksack und die Autoschlüssel und ging aus dem Haus. Die Dämmerung hatte schon während der Fahrt mit Cruz eingesetzt. Mittlerweile hatte sich Dunkelheit über das Land gelegt.

Der Pickup stand vor der Garage. Josh setzte sich hinter das Steuer und startete den Motor. Die Tankanzeige zeigte einen noch circa halbvollen Tank. *Das sollte reichen.* Der Stützpunkt war nur sechzig Meilen entfernt, direkt hinter einem großen Waldgebiet. *Los geht's.*

Scott (13)

Scott fuhr die Straße entlang zum Haus seiner Eltern. Darauf standen bereits mehrere Autos quer oder lagen auf der Seite. Teilweise waren die Türen aufgerissen und ausgeweidete Körper lagen darin. Er wollte nicht hinsehen, ob sie sich noch bewegten. Am liebsten hätte er seine Augen ganz geschlossen, um dem elenden Anblick zu entgehen, den seine Heimatstadt mittlerweile bot, aber er musste sich auf die Straße konzentrieren.

Ben und Martha Gerber wohnten nicht allzu weit entfernt. Ihr Haus befand sich am Stadtrand. Scott hatte sein Ziel binnen einer Viertelstunde erreicht. Es war ein Haus aus massivem Blockholz mit einem roten, steinernen Kaminschacht. Scott erinnerte sich daran, wie sein Vater das Holz ausgesucht hatte. Die Gerbers hatten ein Faible für Holz. Er rauschte in die Einfahrt und sprang mit seiner Axt in der Hand aus dem Auto. Vor dem Haus stand bereits eines der Monster. Scott rammte ihm wortlos den Axtknauf ins Gesicht und die Bestie ging zu Boden. Diese Zeit nutzte er, um zur Eingangstür zu gelangen. Ekel stieg in ihm auf. *Dieser Wahnsinn nimmt einfach kein Ende.*

Scott schlug mehrere Male mit der Faust gegen die Haustür. „MOM! DAD? WO SEID IHR? MACHT DIE VERFLUCHTE TÜR AUF!“

Die Tür öffnete sich und seine Mutter zog ihn herein.

„Mom, oh dem Himmel sei Dank!“ Scott warf die Axt zu Boden, riss seine Mutter an sich und umarmte sie.

Tränen rannen über ihr Gesicht. Sie wiederholte immer wieder seinen Namen und weinte. Auch er hatte feuchte Augen. „Was ist nur los hier, Junge? Ich habe den ganzen Morgen Schreie gehört und in unserem Garten geht dieses … Ding auf und ab. Das Telefon ist auch tot. Ich konnte niemanden erreichen.“

Plötzlich sagte sie etwas, dass ihm die Luft aus den Lungen trieb. „Irgendetwas ist mit Dad nicht in Ordnung. Er hat mich angegriffen. Ich musste ihn im Schlafzimmer einsperren.“

Scott schluckte. „Mom, bist du verletzt?“

Seine Mutter lächelte ihn tapfer an. „Nein, kaum der Rede wert, Junge, ist wirklich nur ein kleiner Kratzer an der Schulter“.

„Wie lange ist das her?“ presste Scott erstickt hervor.

„Es ist erst gerade eben passiert, kurz bevor du hier warst.“

„Jetzt hör mir zu und denk genau nach“, flehte Scott. „Hat er dich gebissen?“ Scott Gerber hatte Angst vor der Antwort seiner Mutter. Er schlug sich die Hände an die Schläfen und rieb sie, versuchte sich aber schnell zu beruhigen, da er ahnte, dass ihnen vielleicht nur Minuten blieben.

„Ich bin auf die Schulter gestürzt, dein Vater hat mich nicht gebissen“, sagte Martha. Erklär mir bitte, was los ist.“ Scott fiel eine zentnerschwere Last vom Herzen, auch wenn er gleichzeitig zerrissen war aus Sorge um seinen Vater, Jane und Sam.

„Mom, ich erkläre dir gleich, was ich weiß. Aber zuerst, wo sind Jane und Sam? Geht es ihnen gut?“

Seine Mutter sah ihn an. „Ich weiß es nicht. Sie sind mit dem Auto gefahren, als es draußen losging. Den ganzen Morgen war Bewegung auf der Straße. Die Menschen fielen übereinander her und zerrissen sich gegenseitig, wie Tiere. Dein Vater war draußen und wollte helfen. Als er wieder reinkam, hielt er sich den Arm.“

Martha schluckte. Man sah ihr an, dass ihr die Geschichte zu schaffen machte. „Jane hat ihn nach oben begleitet. Ben war schwindelig und schlecht. Ich habe Sam gesagt, er solle hier unten warten.“

Scott unterbrach sie nicht, obwohl er es kaum aushielt.

„Wir wollten uns um Ben kümmern, aber auf einmal fing er an zu zucken und schnappte nach uns. Wir haben ihn im Schlafzimmer eingesperrt und es abgeschlossen.“

„Er versuchte also euch zu beißen, hat es aber nicht geschafft?" hakte Scott nach.

„Ja, mein Junge“, antwortete Martha traurig. „Jane hat so oft versucht, dich zu erreichen, aber das Netz war tot. Sie und Sam haben sich große Sorgen um dich gemacht.“

Scott ging auf seine Mutter zu, legte den Arm auf ihre Schulter und drückte sie. Sie legte eine Hand auf seinen Arm.

„Wir wussten doch nicht, was wir tun sollten. Jane sagte, sie wolle dich holen und nahm Sam mit. Ich sagte ihr, dass das zu gefährlich sei, aber sie wollte nicht hören. Sie sind auf ihre Räder gestiegen und einfach losgefahren. Einfach so. Ich sah sie noch am Ende der Straße verschwinden. Sie flohen vor den Kranken. Die kranken Menschen konnten sie nicht einholen."

Waren das überhaupt noch Menschen?, dachte Scott.

„Wir haben wirklich den ganzen Morgen versucht, dich anzurufen." Seine Mutter fing an zu weinen, als würde sie sich schämen. Scott nahm sie in den Arm und tröstete sie.

„Ich weiß, Mom, ich weiß. Ich finde die beiden. Jane ist clever, sie wird sich verstecken und du weißt, wie stark die Gerbers sind. Sam wird seine Mom beschützen."

Er wollte gerne selbst daran glauben, was er seiner Mutter gerade erzählte. Innerlich schlug sein Herz jedoch bis zum Hals. Scott überlegte, wie er weiter vorgehen sollte. Wie sollte man seiner Mutter sagen, was ihrem Ehemann widerfahren ist? *Vielleicht gibt es ja noch Hoffnung. Wenn ich Dad nur zu einem Arzt bringen könnte.* Er erzählte seiner Mutter die Geschichte mit Betty Wilkes und was sich auf der Straße zugetragen hatte. Bei seiner Nachbarin hatte es ungefähr zwanzig Minuten gedauert, bevor sie sich verwandelt hat. Ganz genau wusste er das aber nicht.

Martha Gerber wurde aschfahl. Vielleicht ahnte sie bereits, dass der Zustand ihres Ehemannes keine normale Krankheit war. Sie stand vor ihrem Sohn und blickte ihm in die Augen.

„Junge, dein Dad und ich waren, soweit ich das beurteilen kann, unser gesamtes Leben bemüht, gute Menschen zu sein. Dein Dad ist ein frommer Christ. Er würde mir oder Jane nie absichtlich etwas zu leide tun.

Scott wusste, wie sich sein Vater verhalten haben musste. Vermutlich konnte seine Mutter nicht nachvollziehen, was gerade geschah, aber wie sollte sie auch? Seine Nachbarin und die Bestien draußen schienen nur noch fressen und töten zu wollen.

„Du musst dich um deinen Vater kümmern. Wir müssen ihn irgendwie zu einem Arzt schaffen."

Scott nickte.

Als er zur Treppe kam, hörte er bereits ein Scharren an der Schlafzimmertür. Was sollte er jetzt tun? Vermutlich würde sein eigener Vater auch ihn gleich anfallen. Er nahm die Axt zur Hand und ging nach oben. Seine Mutter folgte ihm in sicherer Entfernung. Scott legte die Axt auf den Boden vor die Tür und drehte den Knauf.

Das Schlafzimmer wirkte warm. Die Tagesdecken lagen ordentlich auf dem Ehebett. Die Fotos, die an der Wand hingen, waren eine Momentaufnahme glücklicher Zeiten. Auf dem Nachttisch lag die Bibel. Er wusste, dass es die seiner

Mom war. Das alles kannte Scott noch gut aus seiner Kindheit. Wenn er als Kind nicht schlafen konnte, war er oft rüber geschlichen und hatte sich zu seinen Eltern ins Bett gelegt. Manchmal hatte seine Mutter ihm dann noch vorgelesen, wenn er Angst hatte. Es war ein schrecklicher Anblick, in diesem Raum jetzt seinen Vater zu sehen, der anscheinend zu einem dieser Ungeheuer geworden war. Ben Gerber stand am Fenster in Richtung des Gartens. Blut lief aus seinem Mund. Aus leeren Augen starrte er Scott an und stieß ein kesselndes, pfeifendes Geräusch aus. Es erinnerte an die Drohlaute einer Schlange oder einer Eidechse. Scott betrachte ihn eine Sekunde lang. Er hatte unverkennbar die Gene seines Vaters. Ben Gerber war annähernd zwei Meter groß und trotz seiner neunundsechzig Jahre noch in guter Form. Aber es war nur noch sein Körper, der dort stand. Die Krankheit, oder was auch immer es war, hatte ihn völlig aufgezehrt. Falls er seinen Sohn erkannte, so konnte man ihm das nicht anmerken. Er zuckte unkontrolliert, als würde ein sadistischer Marionettenspieler ihm andauernd Stromstöße versetzen.

Ben lief auf seinen Sohn zu. „Dad?“, fragte Scott. „Dad, kannst du mich hören?“ Scott erhielt keine Antwort. Mit weit aufgerissenem Mund spuckte sein Vater Blut auf den Fußboden. Seine Hände hielt er klauenartig verrenkt vor dem Körper. Gerade als Ben mit verzerrten Gesichtszügen kurz vor seinem Sohn stand und ihn beißen wollte, warf sich Scott auf ihn. Beide landeten hart auf dem Holzboden. Scott liefen

Tränen über das Gesicht. Er hielt seinen Vater fest umklammert. Ihm wurde klar, dass es seinen Vater, wie er ihn gekannt hatte, nie wieder geben würde.

„Danke, dass du mit mir fischen warst, Dad. Danke, dass du mich zum Football mitgenommen hast. Und danke, dass du Mom nicht verraten hast, dass du mich mal beim Rauchen erwischt hast. Ich liebe dich, Dad."

Scott schnellte hoch und rannte aus der Tür. Sein Vater erhob seinen Oberkörper und kam langsam wieder auf die Beine. Scott sah seine Mutter an, die auf der Treppe stand und sich die Hände vor den Mund hielt.

„Mom, bitte bleib zurück. Geh nach unten, weg von der Treppe." Er ging zurück ins Schlafzimmer, um seinen Vater zu locken. Ben Gerber folgte ihm hinaus. Auf einmal machte Ben Gerber einen unkontrollierten Ausfallschritt auf Scott zu, um diesen zu packen. Scott verlor das Gleichgewicht und fiel rückwärts um. Sein Vater torkelte auf ihn zu und stürzte sich auf ihn. Scott schrie laut und rollte sich ein. Er dachte, es sei um ihn geschehen. Allerdings konnte sich sein Vater ebenfalls nicht mehr halten. Sein Körper stürzte die Treppe hinunter und er schlug unkontrolliert mit dem Gesicht auf den Fliesen auf.

Blut spritze umher und bedeckte Teile der Fliesen. Ben Gerber lag am Boden und bewegte die Beine, als wolle er weiterlaufen. Scott schoss sofort vom Fußboden hoch und rannte hinunter. Dann sah er es. Sein Vater starrte ihn an, obwohl er auf dem Bauch lag. Sein Kopf hatte sich beinahe um hundertachtzig Grad gedreht. Er hatte sich bei dem Sturz das Genick gebrochen und versuchte dennoch, weiter seinen Sohn anzugreifen. Martha Gerber hatte sich abgewandt, als sie ihren Mann so daliegen sah. Sie weinte und kniete sich zu Boden, das Gesicht in den Händen vergraben.

Scott konnte seinen Blick nicht abwenden. *Was passierte gerade bloß auf dieser Welt?* Sein Vater zappelte immer noch wie ein Fisch an Land und versuchte sich aufzurichten.

„Mom, geh sofort raus“, befahl Scott.

„Aber Scott, wenn wir nur…“, schluchzte Martha.

„Mom, sofort. Bitte.“ Sie verließ den Raum.

Scott sah, wie jämmerlich verrenkt die Wirbelsäule seines Vaters war. Kein normaler Mensch hätte so etwas überlebt. Er war kein Arzt oder Sanitäter, aber er konnte sehen, dass Teile der Wirbelsäule ein Stück aus dem Hals ragten, wie bei einem offenen Bruch am Bein. Die Axt lag fest in Scotts Hand. *Gibt es denn keine Möglichkeit irgendetwas zu tun?* Ihm wollte nichts einfallen. Aus dem Mund seines Dads war immer noch dieses widerliche Stöhnen und Schmatzen zu hören. Es machte ihn beinahe verrückt. Immer wieder versuchte Ben Gerber auf die Beine zu kommen, doch sein körperlicher Zustand ließ es nicht mehr zu. Scott ging zu seinem Vater und legte eine Hand auf seinen Kopf. Fast hatte er das Gefühl, dass dieser sich einen kurzen Augenblick beruhigte. Dann holte er aus und schlug seinem Vater die Axt in den Kopf. Dieser hörte auf sich zu bewegen. Scott schloss seine Augen. Tränen liefen über sein Gesicht. Er verließ den Raum und ging zu seiner Mutter. Seine Hände zitterten mit der Axt darin. Das Axtblatt triefte vom Blut.

„Nimm Abschied, Mom, ich werde Dad im Garten beerdigen“, sagte er bitter.

Sie betrat den Raum, kniete sich vor die Leiche und betete einige Minuten. Dann drückte sie die Hand ihres Ehemannes und verließ den Raum.

Ray (14)

Als sie auf die Einfahrt zu Chris' Ferienhaus einbogen, staunte Ray nicht schlecht. Er hatte eine kleine, ebenerdige Blockhütte erwartet. Diesem Gebäude aber wurde der Begriff „Hütte“ nicht gerecht. Das massive Blockhaus mit Spitzdach hatte zwei Etagen und eine Garage mit Werkstatt, in der sie den Pickup parkten. Chris Foster schien entweder im Lotto gewonnen, oder aber reiche Eltern zu haben. Anders konnte Ray sich nicht erklären, wie sich ein so junger Kerl ein solches Anwesen leisten wollte. Er schätzte Chris auf Mitte zwanzig.

Das Schlafzimmer im Erdgeschoss wurde zur Krankenstation. Ein Mann namens Greg hatte sich allem Anschein nach das rechte Bein gebrochen. Das Bein wurde notdürftig geschient, aber er konnte keinesfalls laufen. Er lag auf einem Einzelbett, genauso wie der Mann, den Cathy auf der Lichtung stabilisiert hatte. Bei ihm handelte es sich um einen Rentner namens Howard, der einen Kreislaufkollaps erlitten hatte.

Die übrigen Passagiere waren mehr oder weniger wohlauf, auch wenn allen noch der Schock in den Gliedern steckte. Die nassen Klamotten wurden über die Heizung und vor den Kamin gehangen, den Chris im Wohnzimmer angemacht hatte. Außerdem hatte er Wasserflaschen und Decken verteilt. Alle saßen beisammen. Kaum jemand sagte ein Wort. Es war Chris, der das Schweigen brach.

„Okay zusammen, mein Name ist Chris Foster. Da Sie nun alle meine Gäste sind – was genau ist eigentlich passiert?"

Eine hübsche Blondine namens Pam räusperte sich. „Ein Passagier an Bord ist durchgedreht. Erst hat er eine Stewardess angefallen und dann den Co-Piloten… Aber zum Glück hat Captain Thompson-"

„Wir sind abgestürzt, das ist passiert", fiel ihr ein finster dreinblickender Mann mit einem beachtlichen Kreuz ins Wort.

„Verstehen Sie mich nicht falsch, Sir, das habe ich gesehen. Mich interessieren die Hintergründe", sagte Chris. „Ich bin schließlich nicht blind."

Der Mann schaute Ray an. „Stimmt, blind ist anscheinend nur Captain Caipirinha da vorne."

Ray blickte auf. „Entschuldigung, Sir?"

„Eine Entschuldigung wird da nicht reichen, du versoffenes Stück Scheiße."

Ray spürte, wie sich seine Nackenhaare aufstellten. *Das fehlt jetzt gerade noch.*

„Hören Sie, ich kann verstehen, wenn Sie aufgeregt sind, aber solche Beleidigungen helfen uns hier nicht weiter. Vielleicht legen Sie sich-"

„Einen Scheiß werde ich. Und dass du stinkst wie eine ganze Schnapsbrennerei dürfte keinem entgangen sein. *Captain.*"

Ray fühlte sich ertappt. Gleichzeitig wuchs in ihm der

Wunsch nach einem starken Drink. Wie passend.

„Mister, beruhigen Sie sich“, schaltete sich Cathy ein. „Ohne Captain Thompson wären Sie womöglich nicht mehr am Leben.“

Der Mann stand auf. Dabei rutschte die Decke von seinen Schultern, so dass er nur in Boxershorts bekleidet einen beeindruckenden Anblick bot. Die Muskeln schienen sich gegenseitig um Platz auf dem Körper zu streiten. Er machte einen Schritt auf Ray zu, blickte aber Cathy an.

„Dank Captain Thompson werde ich meine Frau nie wiedersehen, Herzchen. Die ist nämlich nicht mehr am Leben. Und wenn ihr einfach euren Job an Bord der Maschine vernünftig gemacht hättet, würden wir jetzt alle nicht hier sitzen.“

„Da hat er nicht Unrecht“, warf ein schlaksiger Brillenträger namens Danny ein.

„Ich bin der gleichen Meinung“, sagte ein schwarzhaariger Mann, der Cain hieß.

„Sie können gerne gehen, Mister“, sagte Chris, der sich zwischen den Muskelprotz und Ray stellte. „Ich kann jede Form von Wut und Enttäuschung verstehen, aber so lange Sie in meinem Haus sind, gelten gewisse Regeln. Und dazu gehört, dass es hier keine Drohungen oder Gewalt gibt.“

Diese Abgeklärtheit hätte Ray Chris nicht zugetraut. Er selbst war drauf und dran gewesen, den Kerl als einfältiges

Neandertalerarschloch zu beschimpfen.

Der Mann schnaubte verächtlich und zögerte einen Moment, dann setzte er sich wieder.

„Sie sollten sich alle erst einmal eine Mütze Schlaf gönnen", meinte Chris. Oben sind zwei weitere Schlafzimmer. Einige von Ihnen können hier im Wohnzimmer schlafen. Es wird eng, aber immerhin ist es warm. Wenn Sie etwas essen wollen, im Kühlschrank müsste noch etwas sein. Ich werde die Straße im Auge behalten. Die Rettungskräfte werden nicht zu überhören sein."

„Haben Sie keinen Fernseher? Es muss doch schon längst etwas über unsere Maschine in den Nachrichten laufen – zumindest, dass sie vermisst wird", meinte Phil Brook, der Familienvater, der die Flugzeugtür geöffnet hatte.

„Hier draußen gibt es keinen TV-Empfang. Ich bin schon froh über den Festnetzanschluss, aber die Leitungen sind tot. Sobald es etwas Neues gibt, werde ich Sie informieren", sagte Chris. „Ruhen Sie sich aus und gehen sie schlafen."

Schlafen – das klang für Ray wie Musik in seinen Ohren. Am besten mit einem kleinen Schlummertrunk vorab. Er wagte nach dem Disput mit dem Neandertaler jedoch nicht, Chris danach zu fragen. Stattdessen gingen er und Cathy nach oben und legte sich hin.

Sie teilten sich das Zimmer mit Phil Brook und seinen zwei Kindern. Das Mädchen, Fiona, war neun Jahre alt und ihr jüngerer Bruder Robbie sieben. Die Brooks wollten gemeinsam die Großeltern in Washington über die Ferien besuchen. Nun lagen sie zu dritt im Doppelbett eines Ferienhauses im Gifford Pinchot National Forest.

Ray und Cathy teilten sich das ausziehbare Schlafsofa. Als die Brooks eingeschlafen waren, flüsterte Cathy:

„Was zur Hölle ist da heute im Flugzeug passiert, Ray?"

„Wenn ich dir das nur sagen könnte."

„Ich habe so etwas noch nie erlebt, der Typ schien wie besessen gewesen zu sein. Ich meine, er wollte Mia geradezu verschlingen!"

Der Gedanke an Mia traf Ray wie ein Schlag in die Magengrube. Auch wenn sie oftmals eine Nervensäge gewesen war, er würde sie vermissen. Genauso wie Nick, mit dem er unzählige Flüge verbracht hatte.

„Cathy, ich verstehe es selbst nicht. Was es auch war, es schien ansteckend zu sein. Anders kann ich mir nicht erklären, warum Nick ebenfalls durchgedreht ist. Sobald die Rettungskräfte da sind, wird es eine Untersuchung des ganzen Falles geben. Lass uns nun schlafen." Ray fand selbst, dass er sich nicht sonderlich überzeugend anhörte.

Was Tom und Eve wohl gerade machten? Er hätte schon längst bei ihnen sein wollen und konnte ihnen noch nicht mal erklären, warum ihr Dad sie mal wieder versetzt hatte. Dabei war es in diesem Fall wirklich nicht seine Schuld gewesen. Oder hatte der Neandertaler vielleicht doch Recht gehabt? Rays Verlangen nach etwas Hochprozentigem flammte erneut auf. Es dauerte lange Zeit, bis er in einen unruhigen Schlaf fiel.

Ray (15)

Am nächsten Morgen trafen sich alle zu einer Lagebesprechung im Wohnzimmer des Hauses, in dem Pam, Danny, Cain und der Neandertaler genächtigt hatten. Bislang waren immer noch keine Rettungskräfte eingetroffen.

„Wenn keiner kommt, dann müssen wir eben jemanden holen“, sagte der Neandertaler. Wie sich herausstellte, war sein richtiger Name Duke Powell und er arbeitete als Truckfahrer für eine Speditionsfirma.

„Hören Sie, Duke, ich kann verstehen dass Sie ungeduldig sind. Aber wir sollten nichts überstürzen. Es besteht immer noch die reelle Chance, dass in den nächsten Stunden Hilfe kommt“, sagte Chris.

„Die sollte schon längst hier sein“, blaffte Duke zurück. „Irgendetwas stimmt hier nicht. Die ganze Sache stinkt gewaltig.“

„Duke hat Recht“, sagte Cain. Auch Pam und Danny nickten. Anscheinend hatten die fantastischen Vier heute Nacht eine Teambesprechung abgehalten.

Allerdings musste Ray zugeben, dass Duke in dieser Hinsicht tatsächlich Recht hatte. Es war mehr als ungewöhnlich, dass noch niemand gekommen war. Im Normalfall dauerte es nur wenige Minuten, bis Rettungsmaßnahmen eingeleitet wurden, wenn ein Flugzeug vom Radar verschwand. Außerdem müsste das Signal der Blackbox punktgenau zu orten sein.

„Wie weit ist es bis zur nächsten Stadt?“, fragte er Chris.

Chris breitete eine Straßenkarte auf dem Wohnzimmertisch aus und markierte einen kleinen Fleck mit einem Textmarker.

„Stadt trifft es zwar nicht ganz, aber circa sechzig Kilometer südlich von hier liegt Monterey. Rund einhundertvierzig Einwohner.“

„Wir sollten es versuchen. Vielleicht finden wir dort Hilfe. Greg und Howard können jedenfalls nur hier behandelt werden, sie sind nicht transportfähig. Außerdem brauchen wir neue Vorräte. Ihr Kühlschrank ist so gut wie leer“, sagte Ray.

„Vorräte? Das hört sich ja ganz so an, als ob Sie es sich hier gemütlich machen wollen, Captain. Ich für meinen Teil will nach Hause und nicht hier sesshaft werden“, knurrte Duke. Pam, Danny und Cain schauten ebenfalls skeptisch.

Rays Hand zitterte leicht. „Duke, wir hatten gestern Abend keinen guten Start. Lassen wir das hinter uns. Ich möchte genauso wie Sie und alle anderen hier nach Hause. Ich denke, wir sind uns aber einig, dass wir hier zumindest ein Dach über dem Kopf, sanitäre Anlagen und ein Mindestmaß an Verpflegung haben. Dafür können wir Chris gar nicht genug danken. Für den Fall dass wir länger hier bleiben müssen, benötigen wir neue Vorräte.“

„Moment mal. Länger hier bleiben? Was meinen Sie damit,

Captain?“, wollte Pam wissen.

„Keinen guten Start?“, unterbrach Duke sie. „Wir hatten vor allem keine gute Landung, wenn ich mich recht erinnere. Und wenn Sie mit Ihrem Klugscheißergehabe nicht allmählich aufhören, poliere ich Ihnen die Kauleiste dermaßen, dass Sie einen Monat aus der Schnabeltasse saufen. Ich für meinen Teil gehe jetzt. Wer mitkommen will, darf mich gern begleiten.“

Fiona und Robbie Brook verkrochen sich hinter ihrem Vater.

„Sie haben meine Frage nicht beantwortet, Captain“, sagte Pam.

Rays Hand zitterte nun stärker. Er wollte keine Fragen beantworten. Er wollte auch nicht mit unterbelichteten Truckfahrern streiten. Er wollte einen Drink. Nein, er *brauchte* einen Drink. Jetzt.

„Ich ziehe lediglich die Möglichkeit in Betracht, dass wir nicht ohne Weiteres wieder nach Hause können“, sagte Ray. Dann sprach er aus, was alle anderen dachten.

„Es ist sehr ungewöhnlich, dass noch keine Rettungsmannschaften hier sind. Die Black Box sendet unser Signal seit dem Absturz ununterbrochen, es sei denn, sie ist beschädigt. Doch auch dann gibt es keine Erklärung dafür, warum sowohl Handy- als auch Festnetz zusammengebrochen sind. Dafür muss es einen Grund geben. Was im Flugzeug passiert ist, haben Sie selbst mit angesehen. Dieser Mensch, der unsere Stewardess und den Co-Piloten angegriffen hat, war krank. Sein Verhalten grenzte an Raserei oder Tollwut – was auch immer es war, es war anscheinend ansteckend, sonst wäre mein Co-Pilot nicht auf mich los. Ich habe selbst keine logische Erklärung dafür. Ich halte es aber für das Beste, zunächst einmal in Monterey nach Hilfe und Verpflegung zu suchen. Bis wir mehr wissen, sollten Sie alle hier bleiben."

„Einen Scheiß werde ich", brummte Duke. Er zeigte auf die Karte auf dem Tisch. „Ich schlage mich Richtung Osten durch. Die Route 28 liegt rund fünf Kilometer von hier. Dort wird uns jemand mitnehmen."

„Ich komme mit", sagte Danny.

„Ich auch", sagte Pam. „Hier bleibe ich jedenfalls nicht. Ich muss nächste Woche in Washington sein."

„Ich bin ebenfalls dabei", sagte Cain.

Ray seufzte. „Dann fahren Sie zumindest mit uns bis nach Monterey. Sie können auch von dort aus alleine weiterziehen."

„Merkst du eigentlich nicht, dass du hier nicht das Kommando hast, Captain Arschgesicht? Wir sitzen nicht mehr in deiner Maschine, die liegt nämlich in Einzelteilen im See. Und ich werde jetzt gehen."

Rays Geduldsfaden riss. „Dann verzieh dich, du besserwisserisches Arschloch."

Auf einmal war Totenstille im Raum. Die Kinder

verkrochen sich noch weiter hinter Phil Brooke. Duke schaute verdutzt. Er hatte seine Show bis zu diesem Zeitpunkt so sehr genossen, dass er schon gar nicht mehr mit Wiederworten gerechnet hatte.

„Wie war das gerade?“

„Ich sagte, du sollst dahin gehen, wo die Sonne nicht scheint, und ich meine nicht London, du einfältiges Stück Scheiße“, knurrte Ray. „Ich hoffe, du wirst von einem deiner Trucker Kollegen mitgenommen und auf der Fahrt so richtig schön durchgebumst. Dann könnt ihr euch gegenseitig an eure zu kurz geratenen Fernfahrerschwänze packen und die Pelle von der Wurst hobeln.“

Keiner konnte so recht glauben, was Ray da gerade von sich gegeben hatte. Duke am allerwenigsten. Er schob sich an Pam vorbei und steuerte geradewegs auf Ray zu.

„Das war dein Todesurteil, Spritfass!“

Ray stand auf. Gerade als Duke ihn erreichte, hörte man ein Klicken.

„Stopp! Einen Schritt weiter und ich schieße Ihr Knie in Stücke.“ Es war Chris, der den Lauf einer 357er Magnum gespannt hatte.

„Ich habe gesagt dass es in meinem Haus keine Gewalt gibt. Wenn Sie gehen möchten, gehen Sie. Wer mit will, soll ebenfalls gehen. Jetzt.“

Ray konnte in Dukes Augen erkennen, dass dieser abwägte, ob sich ein Angriff auf Chris lohnen würde. Schließlich nahmen Danny und Cain ihm die Entscheidung ab.

„Wir gehen", sagte Danny und nahm Duke am Arm. Pam folgte den Dreien nach draußen.

„Wir werden uns wiedersehen, *Captain.* Und dann hast du kein Kindermädchen, das dich beschützt", sagte Duke im Rausgehen.

Ray würdigte ihn keines Blickes.

„Das war knapp", sagte Phil Brook. Seine beiden Kinder waren mittlerweile wieder hinter ihm hervorgekrochen.

„Allerdings. Und dafür, dass Sie keine Gewalt in ihrem Haus dulden, haben Sie da einen ganz schönen Schießprügel", sagte Ray.

„Der dient nur der Selbstverteidigung. Oder der Verteidigung meiner Gäste", grinste Chris.

„Was ist nun der Plan?", fragte Cathy.

„Chris und ich fahren mit dem Pickup nach Monterey und suchen nach Hilfe. Oder zumindest Antworten. Cathy, du kümmerst dich bitte um Greg und Howard im Krankenzimmer. Phil, behalten Sie bitte die Straße im Auge."

„Geht klar. Fiona und Robbie, holt eurem alten Herrn eine Flasche Wasser aus der Küche."

Als die beiden Kinder in der Küche waren, flüsterte Phil: „Was glauben Sie, wie lange es dauern wird, bis wir hier weg können, Ray? Die Kinder schlagen sich bislang tapfer, aber ich bin mir nicht sicher wie lange sie es hier aushalten werden. Sie vermissen ihre Mom. Sie ist nicht mitgeflogen, weil sie sich unwohl fühlte. Ich muss meine Frau anrufen und wissen, ob es ihr gut geht."

„Ich verstehe Sie Phil, aber ich kann Ihnen diese Frage nicht beantworten. Ich verspreche dass wir alles tun werden, um so schnell wie möglich Hilfe zu holen."

„Daaaaddy, das war die letzte Flasche", rief Fiona, während sie im Vollsprint aus der Küche gesaust kam. An ihren Versen klebte Robbie, der auf dem rutschigen Parkettboden beinahe eine Bruchlandung hingelegt hätte, sich aber dann fangen konnte und weiter hinter ihr preschte. Im Vorbeilaufen warf sie die Flasche ihrem Vater zu.

Phil nickte Ray zu. „Wenn Sie keine Hilfe finden, dann besorgen Sie wenigstens Verpflegung."

Scott (16)

Scott wickelte den Körper seines Vaters in eine alte Decke ein. Er trug ihn nach unten und legte ihn behutsam auf die Terrasse. Er betrachtete kurz den Ort, den er als letzte Ruhestätte für seinen Vater auserkoren hatte. Der Garten war wirklich schön und groß. Martha und Jane wetteiferten früher häufig darum, wer denn nun den grüneren Daumen besäße. Ben hatte eines Sommers die Idee, einen Teich anzulegen und Scott half ihm dabei. Unweit des Teiches stand eine massive Holzbank auf der Scott im Sommer häufig mit seinem Vater gesessen und geredet hatte. Dahinter stand eine Esche, die Scott als Kind mit seinem Vater gepflanzt hatte und die den Sitzenden Schatten spendete. Scott hatte die Bank später selbst gebaut, als Weihnachtsgeschenk für seine Eltern. Er würde die Gespräche niemals vergessen, die er auf dieser Bank mit seinem Vater führte. Ben Gerber war streng zu ihm gewesen, als Scott noch kleiner war. Und er hatte auch einiges von seinem Sohn erwartet. Aber Scott wusste, dass es zu seinem Besten war. Sein Dad war ihm stets ein guter Zuhörer, der ihn ernst nahm und ihm Rat gab. Er hoffte, er könnte das irgendwann an seinen Sohn weitergeben.

Im Schuppen standen eine Menge Gartengeräte. Scott griff sich einen Spaten und hob ein Loch nahe der Esche aus. Als das Grab fertig war, legte Scott den Körper seines Vaters vorsichtig hinein. Er stierte abwesend in das kalte Erdreich, welches er angehäuft hatte. Wenn in diesem Augenblick eines dieser Monster aufgetaucht wäre, hätte das vermutlich Scott Gerbers Ende bedeutet.

Er versuchte, sich so viele Geschichten über seinen Dad aus der Vergangenheit ins Gedächtnis zu rufen, wie er konnte. Ben Gerber würde nicht vergessen werden, dafür wollte er sorgen. Dann fing er an, das Grab zuzuschütten.

Er ging zurück in den Schuppen und fertigte aus zwei Brettern ein einfaches Kreuz. Die unteren Enden sägte er schräg an und schrieb mit einem Lackstift auf das Kreuz

BENJAMIN GERBER

Geliebter (Groß-)Vater, Geliebter Ehemann.

Dabei beließ er es und holte seine Mutter nach draußen. Scott sah sich um, aber er konnte keine Gefahren ausmachen. Es war, als wollte Gott ihnen diesen Moment Ruhe gönnen. Er hämmerte das Kreuz tief in die Erde, bis er sicher war, dass es halten würde. Sie hielten einen Moment inne und jeder sprach für sich ein Gebet. Als sie sich verabschiedeten, warf Scott einen letzten Blick auf das Grab. Dann gingen beide ins Haus.

Drinnen suchte Scott einige Dinge zusammen. Etwas zu Essen und Kleidung seines Vaters. Er wollte seine Mutter von hier wegbringen und sich mit Jane, Sam und ihr ein sicheres Versteck suchen. Ein kurzer Blick aus dem Fenster trieb ihn zur Eile an. Auf der Straße vor dem Haus sammelten sich immer mehr der Monster. Ihnen ging vermutlich langsam die leicht zu erreichende Beute aus und sie suchten nach mehr. Scott wandte sich ab und überlegte, was sie noch brauchen könnten. Er hatte noch nie in seinem Leben derartige Entscheidungen treffen müssen. Vor einigen Wochen legte ihm sogar noch seine Ehefrau das passende Hemd heraus.

Martha Gerber war oben im Schlafzimmer und packte eine Tasche mit Kleidung. Sie versuchte, die Bilder, die in ihrem Kopf herumspukten, so gut es ging zu ignorieren. Sie blickte lange auf die Bibel, bevor sie diese doch einsteckte.

Scott kramte einige Minuten in den Küchenschränken herum, um Vorräte herauszusuchen. *Am besten Konserven.* Plötzlich hört er vor der Haustür er ein scharrendes, kratzendes Geräusch. *Sieht so aus, als wäre das verdammte Arschloch draußen wieder zu sich gekommen.* Seine Mutter war derweil noch oben im Bad, um dort einige Sachen für ihre Reise zusammenzupacken.

„Mom, pack jetzt nur noch das Nötigste ein, ich will los und..."

Weiter kam Scott nicht. Die Scheiben der Haustüre barsten. Zwei blutige Hände ragten ins Haus hinein.

„MOM, BEEIL DICH, KOMM HIER RUNTER!", schrie er.

Seine Mutter hatte gerade die Treppe erreicht, da fiel die Tür scheppernd ins Haus hinein. Scott traute seinen Augen nicht. Vor dem Haus hatten sich mindestens dreißig dieser Biester versammelt. Wie hatte ihm das entgehen können? Er hatte keine Geräusche gehört. Die Bestien hatten die Haustür mit ihrer schieren Masse einfach aus den Angeln gedrückt. Mehrere lagen im Eingangsbereich und schmatzten. Sie reckten die Hände in Scotts Richtung. Viele strömten ins Haus und auf ihn zu. Sie trampelten über die Körper der anderen Bestien. Einige nahmen aber auch Martha Gerber ins Visier und versuchten die Treppe hinaufzukommen. Sie überkletterten sich gegenseitig, um schneller an ihr Fleisch zu gelangen.

„MOM, KOMM HER“, brüllte Scott. Er griff zu seiner Axt.

„SCOTT, ICH KANN NICHT! ÜBERALL SIND DIESE KREATUREN. HILF MIR!“

Scott hieb verzweifelt mit seiner Axt einem Angreifer in die linke Schulter. Dessen Arm hing danach nur noch am seidenen Faden. Andere strömten an der verletzten Kreatur vorbei auf Scott zu.

„MOM, SCHLIEß DICH OBEN EIN!“

Er schlug wild um sich. Bald sah die Küche des Hauses aus, als hätte man ein großes Schwein auf dem Fußboden geschlachtet. Mehrere Kreaturen lagen am Boden. Ihre Gedärme und ihr Blut flossen ineinander, aber dennoch starben sie nicht. Sie versuchten selbst im Liegen noch in seine Richtung zu gelangen. Auch die Zahl der Bestien schien immer größer zu werden. Scott konnte hören, wie seine Mutter laut schrie und die Schlafzimmertür ins Schloss fiel. Es gab keine Möglichkeit für ihn, zu ihr zu gelangen. Er rannte nach draußen. Vielleicht könnte sie aus dem Fenster springen, dann würde Scott sie auffangen.

Vom Garten aus konnte man das Schlafzimmerfenster sehen. Scott hielt den Atem an. Er stand im Garten und sah das Gesicht seiner Mutter darin auftauchen. Sie lächelte ihren Sohn an. *Sie hat es geschafft. Vielleicht kann ich die Meute von hier weglocken.*

Dann sah Scott, dass seine Mutter ihren rechten Arm erhob und mit der Faust die Fensterscheibe zertrümmerte. Das Glas landete klirrend auf der Terrasse. Scott blickte fassungslos hinauf.

„Lauf, mein Junge. Ich bin gebissen worden".

Scott hörte ihre Worte von einem Ort meilenweit entfernt. Sie hallten in seinem Ohr wieder. Er sah, wie seine Mutter zu Boden gezogen wurde und hörte einen lauten Schrei. Es lief vor seinem Auge ab wie ein schlimmer Alptraum. Aus dem Haus strömten weitere Bestien. Scott stieß einen solch lauten Schmerzensschrei aus, dass er vermutlich alle Monster Augustas auf sich aufmerksam gemacht hatte. Es kümmerte ihn nicht. Dennoch strömten immer mehr Kreaturen aus dem Haus, die Meute drohte, ihn zu umzingeln. Scott versuchte, sich darauf zu konzentrieren, dass er Jane und Sam retten musste. Eine Mischung aus Wut und Adrenalin schoss durch seinen Körper.

Er drehte sich um und rannte los. Er rannte so schnell er konnte, in seiner Hand nur die Axt. Scott hatte an diesem Morgen bereits Schmerz erlebt, der für ein Leben gereicht hätte.

Die Bilder würde er vermutlich niemals loswerden. Er hoffte inständig, dass das Schicksal seiner Eltern seiner Frau und seinem Sohn erspart bliebe. Ihm selbst war sein eigenes mittlerweile fast egal.

Scott wollte zurück zu seinem Haus. Seinen Pickup konnte er vergessen, auf der Straße wimmelte es bereits von Bestien. Er entschied sich für den Fußweg und rannte einfach los. Die Stadt glich mittlerweile dem Eingang zur Hölle. Überall sah man Leichen oder Rudel der Bestien, die sich daran satt fraßen. Autos und Häuser standen offen. Vereinzelt schienen Menschen entkommen zu sein, ihre Hofeinfahrten waren leer. Aus den Augenwinkeln konnte Scott in einigen Häusern Bewegung erkennen. Er wollte gar nicht wissen, was darin vor sich ging. Einige, die gebissen wurden, schrien um Hilfe, aber Scott blieb nicht stehen. Er hatte nur ein Ziel vor Augen: Seine Familie zu retten, und sie in Sicherheit zu bringen. Vorher würde er nicht aufgeben. *Und wenn möglich werde ich alle Bestien der Welt eigenhändig töten.* Scott musste nur zweimal seine Axt benutzen, um Angreifer niederzustrecken. Sein Haus war mittlerweile als Silhouette zu erkennen. Scott sah bereits von weitem einen weißen Zettel an der Tür. Mit schwarzem Kugelschreiber stand darauf geschrieben:

Scott, ich hoffe du lebst und liest das, Liebster,

Sam und ich konnten dich nicht finden. Ich konnte auch keinen meiner Freunde oder Verwandten erreichen. Wir versuchen, uns in den Wald zu retten. Wir wollten zurück zu deinen Eltern, aber wir kamen nicht mehr durch. Bitte versuche, uns zu finden. Ich hoffe, wir treffen dort noch weitere Überlebende. Es geht uns den Umständen entsprechend gut, wir sind nicht gebissen worden. Wir lieben dich und hoffen, wir sehen dich bald wieder.

Jane und Sam

Scott blickte in den Himmel. Er war froh zu lesen, dass es ihnen gut ging. Andererseits schwand seine Hoffnung, sie zu finden immer weiter. Sein einziger Anhaltspunkt war der Wald. Er klammerte die rechte Hand um seine Axt, bis seine Handknöchel weiß hervortraten. Dann rannte er los, so schnell er konnte. Während er lief, rief er sich ins Gedächtnis, dass ungefähr neunzig Prozent des gesamten Bundesstaates Maine mit Bäumen bedeckt war. Wie sollte er da hoffen, seine Familie zu finden? Hoffentlich waren sie noch nicht zu weit entfernt. Er schüttelte den Kopf. *Solche Gedanken kann ich mir nicht leisten. Und meine Familie auch nicht. Sie zählen auf mich.* Scott spürte seine Beine brennen. Der Schmerz hatte etwas Läuterndes und lenkte ihn von seinen düsteren Gedanken ab. Der Waldrand war mittlerweile zu sehen. Er hoffte, dass innerhalb des Waldes nicht viele Bestien zu finden waren. In der Stadt gab es mehr zu Fressen für diese verfluchten Ausgeburten der Hölle.

Augusta war eine kleine Gemeinde. *Wie viele Menschen konnten das Massaker überlebt haben? Hatte diese Katastrophe nur Maine heimgesucht? Wo war die Army? Irgendjemand musste doch einen Hilferuf abgesetzt haben.* Scott wollte das Nachdenken auf später verschieben. Wie aufs Stichwort meldete sich sein Magen und knurrte laut. Das spärliche Frühstück war seine letzte Mahlzeit gewesen. Scotts Beine gaben allmählich auf. Er konnte sich nicht erinnern, wann er das letzte Mal so schnell und weit gelaufen war. Seine rechte Wade krampfte und zwang ihn zu gehen. Er blickte sich zum ersten Mal um, seitdem er losgelaufen war. Er hatte die Stadt ein kleines Stück hinter sich gelassen. In einiger Entfernung konnte Scott noch Rudel dieser Kreaturen sehen.

Er tauchte in die ersten Baumreihen ein und ging noch etwa eine Meile in den Wald hinein. Erst als er sich sicher war, keine Verfolger mehr zu haben, gestattete er sich an einem großen Felsen eine kleine Rast. Scott jagten die wildesten Gedanken durch den Kopf. Er erinnerte sich an eine Predigt in der Kirche während seiner Jungend. Der Pastor hatte damals gesagt, dass wenn das Jüngste Gericht kommt, alle Engel des Himmels auf der Posaune spielten, um es einzuläuten. *Bin ich am Tage des Jüngsten Gerichts angekommen?*

Er lauschte, ob er irgendwo eine Posaune hören konnte.

Ray (17)

Es führte nur eine befestigte Straße vom See nach Monterey. Während Chris am Steuer saß, spielte Ray am Radio rum. Doch egal auf welcher Frequenz er es versuchte, er empfing nur Rauschen.

„Hier im Wald bekommen Sie nichts rein. Das wird erst in rund zwanzig Kilometern besser“, sagte Chris.

„Alles klar. Und bitte lassen wir die Förmlichkeiten.“

„Gern, Captain.“

„Was glaubst du, finden wir in Monterey, Chris?“

„Dort gibt's nicht viel. Auf jeden Fall kein Krankenhaus. Soweit ich weiß, sind die Tankstelle und der Supermarkt die einzigen Sehenswürdigkeiten.“

„Mir würde schon ein funktionierendes Telefon reichen.“

Ray checkte sein Handy. Immer noch kein Signal. Außerdem war sein Akku mittlerweile bei unter zehn Prozent.

„Chris, hättest du eben abgedrückt? Wenn Duke ernst gemacht hätte?“

„Hätte ich.“

„Du sagst das so, als ob das für dich nichts Besonderes ist.“

„Das stimmt. Softair-Schießen ist für mich nichts Besonderes.“

Ray grinste. „Du machst Witze."

Chris grinste ebenfalls. „Was glaubst du, würde Duke dazu sagen, dass er eben aufgrund einer Spielzeugpistole klein beigegeben hat?"

Ray lachte. „Wahrscheinlich…"

Das Radio knackte. „*… bitte ich alle Bürger, Ruhe zu bewahren und... völlig unklar….sobald es Neuigkeiten gibt, …Gott segne Amerika…* " Weiteres Rauschen.

Ray und Chris starrten sich gegenseitig an. Beide wussten, wer da gerade gesprochen hatte. Sie hatten soeben den Vizepräsidenten der Vereinigten Staaten im Radio gehört.

„Was ist da für eine Scheiße im Gange, wenn jetzt schon der Vizepräsident im Radio spricht?", fragte Chris.

„Sie wollen die Bevölkerung beruhigen, das steht fest. Was mich viel mehr wundert: Warum hat nicht der Präsident selbst die Ansprache gehalten?", sagte Ray.

„Vielleicht haben sie ihn schon evakuiert?"

„Mag sein, aber trotzdem müsste er doch… Moment mal, was ist das da vorne?" Ray zeigte auf ein blinkendes Licht in wenigen Kilometern Entfernung.

„Sieht aus wie ein Blaulicht. Vielleicht ja ein Streifenwagen, der auf dem Weg zum See ist?", meinte Chris.

„Der Wagen scheint aber zu stehen." Sie waren nun in unmittelbarer Sichtweite. „Halt mal da vorne an."

Chris stoppte den Pickup rund zwanzig Meter hinter dem Streifenwagen, der am rechten Straßenrand parkte. Allerdings stand der Wagen so schief, dass es so aussah, als sei er von der Straße abgekommen. Die Beifahrertür stand offen. Das Blaulicht blinkte in regelmäßigen Abständen vor dem grauen Himmel.

Ray und Chris stiegen aus und gingen langsam auf das Heck des Streifenwagens zu. Durch die Heckscheibe konnte man erkennen, dass sich zwei Personen im Inneren befanden, eine auf dem Fahrersitz und eine auf der Rückbank. Beide schienen hektisch zu gestikulieren.

„Vielleicht hat der Officer Probleme“, meinte Chris.

„Vielleicht haben wir die gleich auch“, sagte Ray. „Hör mal.“

Chris blieb stehen und fragte sich, was Ray meinte. Dann hörte er es auch. Aus dem Wagen kamen gutturale Laute, die alles andere als menschlich klangen. Langsam schritten Ray und Chris an der Fahrerseite entlang. Als sie in das Innere des Wagens blickten, sahen sie die Ursache für das Stöhnen und Ächzen: Sowohl der Polizist auf dem Fahrersitz als auch der Mann auf dem Rücksitz wiesen die gleichen Symptome auf wie der Hüne im Flugzeug, nur dass die Krankheit bei ihnen schon weiter fortgeschritten schien. Die Haut verfaulte und schälte sich ab, die Gesichter hatten kaum noch menschliche Züge. Beide ruderten unkontrolliert mit den Armen und bewegten den Kopf hin und her. Als sie Ray und Chris entdeckten, wurden sie noch hektischer und schlugen gegen die die

Innenseiten der Scheiben. Einzig die Anschnallgurte verhinderten, dass sie sich frei bewegten. Das Gegrunze wurde lauter.

„Verdammte Scheiße“, sagte Chris.

„Wir sollten weiter. Hier können wir nichts tun“, sagte Ray.

„Okay. Ich frage mich nur, warum die Beifahrertür…FUCK!“, schrie Chris, als ihn etwas am Knöchel packte. Unter dem Wagen lag ein zweiter Officer, der ebenfalls von der Krankheit befallen war und Chris’ Knöchel im Klammergriff hielt. Der Infizierte biss sich in Chris’ rechtem Schuh fest. Chris riss das Bein nach hinten, so dass der Kopf seines Angreifers mit voller Wucht gegen die Innenseite des Kotflügels schlug. Mit einem matschigen Geräusch fräste sich eine tiefe Furche in die Stirn des Officers. Trotzdem lockerte er den Griff um den Fuß nicht. Ray überlegte nicht lange. Er öffnete den Kofferraum des Streifenwagens und durchwühlte ihn. Schnell fand er, was er gesucht hatte. Mit einem großen Schraubenschlüssel zertrümmerte er dem Untoten das rechte Handgelenk, so dass Chris seinen Fuß frei bekam. Dann hämmerte er so lange auf den Schädel des Officers ein, bis dieser sich nicht mehr regte. Die beiden anderen Zombies im Wageninneren drehten jetzt völlig durch. Der Fahrer des Wagens schlug so lange mit dem Kopf gegen die Scheibe der Fahrertür, bis diese zerbarst. Wild um sich schnappend reckte er den Kopf nach draußen, allerdings hielt ihn der Anschnallgurt zurück.

„Bist du verletzt?“, fragte Ray den am Boden liegenden Chris.

„Nein, ich glaube nicht“, keuchte Chris. „Ich brauche nur ein neues Paar Schuhe.“

„Vielleicht finden wir die ja auch in Monterey. Lass uns weiter.“

„Lieber jetzt als gleich.“

Als sie im Pickup saßen, zitterte Chris immer noch.

„Soll ich fahren?“, fragte Ray.

„Geht schon. Ich frage mich nur, was uns in Monterey erwartet.“

„Das finden wir jetzt heraus.“

Als sie am Streifenwagen vorbeifuhren, warf Chris einen kurzen Blick zu der unwirklich anmutenden Szenerie. Er schüttelte den Kopf, dann gab er Gas.

Ray (18)

Die beiden kamen gut voran, auch wenn die Straße unheimlich vereinsamt wirkte. Natürlich erwartete man kein großes Verkehrsaufkommen in einer so abgeschiedenen Gegend, aber seit dem Streifenwagen war Chris und Ray kein einziges Fahrzeug mehr begegnet. Monterey selbst schien ebenfalls wie ausgestorben. Die Stadt bestand zwar nicht aus viel mehr als der Route 250 mit einigen Nebenstraßen, aber nirgends waren Menschen zu sehen. Für einen normalen Werktag war das selbst für eine Kleinstadt unnormal. Wenigstens fiel es Chris und Ray leicht, den Supermarkt ausfindig zu machen. An der Kreuzung zur Mill Alley befand sich ein kleiner Laden, dessen Parkplatz ebenfalls wie leergefegt war. Zumindest hatte der Laden geöffnet, die Eingangstüren standen offen. Als die beiden Männer ausstiegen und sich dem Geschäft näherten, hörten sie Stimmen aus dem Inneren.

„Scheint ja doch noch jemand da zu sein", meinte Chris.

Auch Ray wirkte erleichtert. „Vielleicht wissen die Leute hier ja, was eigentlich los ist. Und wo die nächste Polizeistation mit richtigen Polizisten ist."

Der Supermarkt bestand lediglich aus zwei Gängen, die Kasse war gerade nicht besetzt. Die Stimmen kamen aus einem Zimmer am hinteren Ende des Gebäudes.

Ray drückte Chris einen Korb in die Hand. „Hol du schon

mal das wichtigste an Verpflegung. Brot, Konserven, Wasser. Schau außerdem nach Schmerzmitteln für Greg. Ich spreche mit den Leuten."

Chris nickte und macht sich daran, den Korb aufzufüllen. Ray ging in Richtung der Stimmen aus dem Hinterzimmer. Vorher musste er aber noch etwas anderes erledigen. Er schaute sich kurz um, um sicherzugehen, dass Chris nicht hinsah, und steckte sich einen Flachmann Jack Daniels ein. Nur für alle Fälle. Er hatte jetzt seit zwei Tagen nicht mehr getrunken, trotz des ganzen Stresses mit dem Flugzeugabsturz. Diese Kleinigkeit hatte er sich verdient. Gerade als er das Zimmer erreichte und anklopfen wollte, merkte er, dass die Tür nur angelehnt war.

Moment mal… die Stimme kenne ich doch? Langsam schob Ray die Tür auf. Dann bestätigt sich sein Verdacht: Im Hinterzimmer, das anscheinend als Büro diente, lief ein Fernseher.

Immerhin haben die hier Empfang, dachte er. Was ihn allerdings mit Sorgen erfüllte, war das Programm, das da gerade über den Bildschirm flimmerte. „Chris, das musst du dir ansehen… Chris?"

Chris eilte mit dem halb gefüllten Einkaufskorb herbei. „Schon da. Was gibt's?"

„Schau selbst."

Die beiden setzten sich auf ein kleines Sofa gegenüber des Fernsehers.

„… unter anderem auch unseren geschätzten Präsidenten. Diese Vorkommnisse ereigneten sich unseres Wissens nach nahezu zeitgleich in allen Großstädten der Vereinigten Staaten. Der Virus scheint durch Körperflüssigkeiten übertragen zu werden, daher meiden Sie bitte jeden Kontakt zu Infizierten. Bleiben Sie wenn möglich zu Hause und warten Sie auf weitere Anweisungen. Sämtlicher Flug- und Reiseverkehr ist mittlerweile eingestellt worden. Trotz dieser Ausnahmesituation bitte ich alle Bürger, Ruhe zu bewahren. Das Militär tut alles in seiner Macht stehende, um die Lage unter Kontrolle zu bekommen. Es ist völlig unklar, warum die Kommunikationsnetze in weiten Teilen des Landes zusammengebrochen sind, aber diese werden hoffentlich in den kommenden Tagen wieder zur Verfügung stehen. Sobald es Neuigkeiten gibt, werden wir Sie informieren. Gott segne Amerika.“

Egal auf welchen Sender Ray schaltete, die Ansprache des Vizepräsidenten lief in Endlosschleife. In einem Newsticker am unteren Bildrand wurde den Zuschauern außerdem mitgeteilt, dass der Präsident gestern dem Virus zum Opfer gefallen sei.

Ray setzte sich an den Büro-PC. Als er den Browser öffnete, leuchteten ihn sechs Buchstaben an, die er nicht erwartet hatte: Google. Das Internet funktionierte. Als Erstes loggte sich Ray in seinen E-Mail-Account ein. Bis auf einige wenige Werbemails gab es keine Nachrichten. Er schrieb direkt eine Mail an Melissa, in der er ihr die Ereignisse der vergangenen zwei Tage schilderte und sich nach ihr und den Kindern erkundigte. Chris schrieb ebenfalls eine Mail, an seinen Bruder Gregory.

„Versuchs mal über Skype“, schlug Chris vor.

Ray loggte sich in seinen Skype-Account ein, allerdings waren weder Melissa noch die Kinder online. Auch Chris hatte kein Glück. Trotzdem hinterließen beide auch dort Nachrichten.

Die nächste Stunde verbrachten die beiden damit, die verschiedensten Newsseiten und Internetforen zu durchforsten, immer in der Hoffnung, neue Informationen zu finden. Allerdings warf diese Suche mehr Fragen auf, als sie Antworten lieferte. Die unterschiedlichsten Theorien und Vermutungen waren im Umlauf, von einem biologischen Angriff bis hin zur göttlichen Bestrafung. Wirklich fundierte Informationen hatte kaum jemand. Das einzige, was man mit Bestimmtheit sagen konnte, war, dass sich das gesamte Land im Ausnahmezustand befand. Das Virus verbreitete sich am schnellsten in dicht besiedelten Gebieten, insbesondere die großen Metropolen waren betroffen. *Aber anscheinend auch Polizisten hier am Arsch der Welt*, dachte Ray.

Die Symptome waren stets die gleichen: Vorübergehende Unzurechnungsfähigkeit und Verwirrtheit der Erkrankten, die dann in brutale Aggression umschlug. Jegliche medikamentöse Behandlung schien bislang vergeblich. Eine Unmenge an Videos auf YouTube zeigte mitunter grausame Szenen von Übergriffen der Infizierten. Das Militär hatte anscheinend zunächst durch Sperrzonen und Evakuierungen die Lage unter Kontrolle gebracht, nur um dann durch Infektionen in den eigenen Reihen selbst ins Chaos zu fallen. Plünderungen und Panik waren allgegenwärtig. Das war zumindest die Quintessenz der Masse an ungenauen, unbestätigten und zum Teil widersprüchlichen Informationen, die Ray und Chris herausfilterten.

„Wir sollten langsam zurück zum See“, meinte Chris schließlich. „Die anderen werden sich bereits Sorgen machen.“

Ray checkte nochmals seine E-Mails und den Skype-Account. Keine Antwort. „Und was dann? Wir können schlecht zurückkommen und ihnen sagen, dass die Welt zugrunde geht. Wir brauchen einen Plan. Und ich habe bislang noch keinen.“

„Noch länger hier im Internet surfen wird uns jedenfalls auch nicht weiter bringen“, sagte Chris. „Außerdem braucht Greg die Schmerzmittel. Im Haus sind wir sicher.“

„Und ohne Internetanschluss“, erinnerte ihn Ray. „Chris, ich muss wissen, wie es meinen Kindern geht. Außerdem kann sich stündlich etwas Neues ergeben bezüglich der Infektion. Ich bleibe hier. Bring du den anderen die Vorräte und Medikamente. Dann holst du mich heute Abend ab. Bis dahin gibt es vielleicht neue Infos. Und ich überlege mir etwas.“

Chris fühlte sich sichtlich unwohl mit dem Vorschlag. „Glaubst du wirklich, dass es eine gute Idee ist, alleine hier zu bleiben? Vielleicht sind die Besitzer auch noch hier. Rechtlich gesehen ist das Hausfriedensbruch.“ Chris merkte selbst, wie dämlich er sich anhörte.

„Chris, ich sag es dir nur ungern, aber ich habe das Gefühl, dass seit zwei Tagen jegliche Vorstellungen von Recht und Unrecht eine ganz neue Dimension angenommen haben. Wenn nur die Hälfte von dem stimmt, was wir eben gelesen haben, dann ist mein Aufenthalt in diesem Büro eine verschissene Kleinigkeit im Vergleich zu dem, was da draußen noch abgeht."

Chris wusste, dass Ray Recht hatte. „Okay. Bitte check meine Mails ebenfalls." Er schrieb ihm die Login-Daten auf einen Zettel. „Und stöbere nicht in meinen Mails. Jegliche Porno-Abonnements sind Spam."

Ray grinste. Auch wenn er Chris erst seit gestern kannte, mochte er den Kerl. „Verschwinde endlich. Ich warte hier."

Josh (19)

Die Fahrt ging gut voran. Josh kam vereinzelt an Fahrzeugen vorbei, die an der Straße standen. Allerdings gab es keinerlei Anzeichen von ihren Insassen. Weder lebendig, noch tot – noch untot. Er passierte mit seinem Wagen gerade ein Hinweisschild – *Fort Benning, fünf Meilen* – als ein lautes Geräusch die nächtliche Stille zerriss. Eine Erschütterung war ganz deutlich zu spüren.

Er bremste das Auto langsam herunter. *Das war verdammt nochmal nicht weit weg.* Der Ursprung schien jedoch ein Stück weiter im Inneren des Waldes zu liegen. Ein orangefarbenes Flimmern über den Baumwipfeln ließ nichts Gutes vermuten. Nach kurzer Fahrt war auch der Grund der Erschütterung zu erkennen. Eigentlich konnte man den Fluss an dieser Stelle auf einer alten Holzbrücke überqueren. Eigentlich.

Josh hielt den Wagen in einiger Entfernung an, um mehr sehen zu können. Die Scheinwerfer warfen einen grellen Lichtkegel über die Schlucht auf die andere Seite. Von der Brücke war nichts als große, noch schwelende Balken und viel Schutt übrig geblieben. Die Straße war an beiden Enden großen Kratern gewichen. Es sah so aus, als hätte jemand an dieser Stelle sichergehen wollen, dass niemand mehr den Fluss passieren würde. Mit dem Auto war der Weg hier zu Ende.

Der Gedanke auszusteigen und den restlichen Weg zu Fuß hinter sich zu bringen, gefiel Josh nicht. Er wusste zwar, dass eine weitere Straße zum Stützpunkt führte, allerdings müsste er komplett um den Wald herumfahren. Dies würde einen Umweg von mehreren Stunden bedeuten und er konnte keinesfalls sichergehen, dass er nicht auf wesentlich größere Probleme stoßen würde. Außerdem könnte ihm das Benzin ausgehen – und er sich so einen noch wesentlich längeren Fußmarsch aufbürden.

Zögernd stieg er aus und schulterte den Rucksack. *Nur noch fünf Meilen zu Fuß. Dann brauche ich vor nichts mehr weglaufen und bin in Sicherheit.* Diese aufmunternde Vorstellung wurde jedoch stark von der nächtlichen Dunkelheit getrübt. *Ich sehe einen Scheißdreck.*

Er musste versuchen an dieser Stelle über den Fluss zu kommen. Das orangefarbene Flackern der Flammen spendete immerhin einen Hauch von Licht und erhellte die pechschwarze Tiefe.

Bei intensiver Betrachtung der Trümmer im Flussbett fiel Josh auf, dass an einer Stelle weiter unten am Wasser ein Holzträger relativ intakt zu sein schien und bis auf wenige Meter vor das gegenüberliege Ufer reichte. Der Fluss führte zu dieser Zeit im Jahr jedoch schon eine beträchtliche Menge an Wasser und er müsste, selbst wenn er nur wenige Meter durch das Wasser waten musste, sehr vorsichtig sein. Sollte das Wasser ihn mitreißen, dann hätte er schlechte Karten.

Alle anderen Alternativen beinhalteten jedoch vermutlich das Szenario, lebendig gefressen zu werden und Josh war der Meinung, er hätte für diesen Tag auch schon genug dieser untoten Arschgesichter gesehen. Er kam zu dem Schluss, dass es keine andere Möglichkeit gab, als das Wagnis einzugehen.

Erstaunlich behände stieg er auf den Balken herab und balancierte bis ans Ende. Ein Sprung von ungefähr drei Metern trennte Josh vom Ufer. Er rückte den Rucksack nochmals zurecht, sprang dann ab und landete einen Meter vom Ufer entfernt im Wasser. Josh erschrak zunächst, sank allerdings nur bis zu den Knien ein.

Das war geschafft. Es würde also doch alles leichter als zuerst befürchtet. Josh stieg wieder hoch zur Straße. Er blickte auf die andere Seite. Der Wagen blendete ihn nun, allerdings war er sich sicher, dass er eine Bewegung neben dem gleißenden Licht wahrgenommen hatte.

Wankend trat die Silhouette eines Zombies in das Scheinwerferlicht. Unmittelbar folgte eine weitere. Es schienen mehrere Zombies nahe der Straße gewesen zu sein. Josh hatte keinen von ihnen bemerkt, als er ausgestiegen war. Er ermahnte sich, beim nächsten Mal vorsichtiger zu sein. Doch auch auf dieser Seite der Brücke schien er nicht alleine zu sein. Der Wind trug ein gurgelndes Stöhnen aus dem Wald heran. Josh stellten sich die Nackenhaare auf. Das Stöhnen stammte nicht aus einer einzelnen Kehle. Es schien gleich ein ganzes Rudel dieser Biester zu sein. Er lief die Straße in Richtung Stützpunkt und wollte möglichst weit weg sein, wenn diese Dinger an der Brücke ankamen.

Nach einigen hundert Metern blickte er zurück. Im

Scheinwerferlicht waren nun sehr deutlich mehrere Zombies zu erkennen. Er schätzte ihre Zahl auf mindestens zwanzig. Die meisten schienen ungelenk und verwirrt umherzustolpern, doch einer stach aus der Masse heraus. Er schien ein wenig größer oder aufrechter zu stehen. Dieser erhob auch den Kopf in die Luft und zuckte in verschiedene Richtungen. *Was verloren, Arschloch?*

In diesem Moment drehte sich der Große in Joshs Richtung und stieß ein markerschütterndes Kreischen aus und rannte in seine Richtung. Josh bekam große Augen, das verdammte Ding hatte *ihn* gesucht.

Die anderen Untoten schienen das Kreischen zu verstehen und drehten sich ebenfalls in seine Richtung.

Er rannte los.

Ray (20)

Alleine im Büro surfte Ray weiter im Internet, immer den Blick auf sein E-Mail-Postfach gerichtet. Informationen über den Absturz seiner Maschine fand er erst, als er gezielt danach suchte. Es passierte einfach zu viel gleichzeitig, als dass ein abgestürztes Flugzeug eine große Sache war.

Auf der Homepage der Augusta Airline wurde bislang nur davon gesprochen, dass die Boeing vermisst werde und man die Angehörigen informiere, sobald es etwas Neues gebe. Diese Meldung war mittlerweile zwei Tage alt. Ray schrieb eine Mail an Derek Stanzer, den Geschäftsführer der Airline, in der er ihm die Ereignisse der vergangenen Tage schilderte sowie die Namen der Überlebenden nannte. *Wer weiß, ob überhaupt noch jemand bei der Augusta Airline arbeitet,* dachte Ray. *Wer weiß, ob Derek überhaupt noch lebt. Wer weiß, wie es meinen Kindern geht.*

Bei diesem Gedanken begann seine Hand wieder zu zittern. Er holte den Flachmann aus seiner Tasche. Wie fast jeder langjährige Alkoholiker sagte Ray sich immer wieder, dass er sofort aufhören könnte, wenn er es wollte. Gar kein Problem. Nur nicht heute. Nicht in diesem Augenblick. Jetzt gerade wollte er nichts mehr auf der Welt als einen Schluck Whiskey.

Als das vertraute Brennen seinen Rachen hinunterlief und seinen Magen mit einer wohligen Wärme versorgte, fühlte er sich direkt besser. Zwei weitere große Schlücke, und der Flachmann war leer. Ray fühlte sich großartig. Dabei wurde er gerade erst warm. Er ging zurück in den Supermarkt und holte sich Nachschub in Form von zwei großen Flaschen Jack Daniels. Der gute Jack hatte ihm schon in so manch verzweifelter Stunde Gesellschaft geleistet, warum also nicht auch hier?

Während er sich volllaufen ließ, checkte er immer wieder seine Mails. Keine Antwort. Aus Frust trank er noch mehr. Nach einer Weile merkte er, wie der Alkohol seine Lider schwer werden ließ. In seinem Dämmerzustand bemerkte Ray nicht die zwei Gestalten, die sich von draußen schwerfällig dem Supermarkt näherten.

Ray (21)

Der Lärm von zersplitterndem Glas drang nur langsam in Rays Bewusstsein. Er öffnete langsam die Augen. Er musste eingeschlafen sein. Sein Kopf dröhnte wie ein Presslufthammer. Noch mehr Krach aus dem Supermarkt. Als sich sein Blick allmählich klärte, wurde ihm klar, dass er nicht mehr allein war. Ray erhob sich, um nachzuschauen, was dort vor sich ging, aber sein Kreislauf machte schlapp. Er fiel vornüber auf den Boden. Er spürte, wie warmes Blut von seiner Schläfe über sein Gesicht floss. Schmerzen hatte er kaum, der Whiskey tat nach wie vor seine Wirkung.

„Chris?“, stöhnte Ray. Dann hörte er es. Die Geräusche aus dem Markt klangen genau wie die der Sportsfreunde aus dem Polizeiauto. Anscheinend war also doch noch jemand in Monterey. Oder vielmehr etwas. Er musste auf die Beine kommen. Er versuchte es, knickte aber direkt wieder weg. Ray hatte das Gefühl, als würde sein Gehirn wie ein Ping-Pong-Ball an die Innenseiten seines Schädels klatschen. Er merkte, wie ihm schwarz vor Augen wurde.

Bleib wach, Idiot! Er robbte langsam in Richtung Sofa. Vom Boden aus konnte er in den Supermarkt schauen. In dem Gang in den er schauen konnte, rollten einige Konservendosen und Flaschen umher.

„Chris?“ Doch es war nicht Chris, der in seinen Blickbereich wankte. Zwei Untote standen im Türrahmen. Als sie Ray erblickten, stießen sie ein gieriges Stöhnen aus und steuerten direkt auf ihn zu. Ray versuchte vergeblich zurückzukriechen. Er merkte, wie ihn auch seine letzten Kraftreserven verließen. „Fuck you“, stöhnte er. Dann verlor er das Bewusstsein. So hörte er auch nicht, wie eine Stimme über die Lautsprecher des PCs verkündete: „You’ve got Mail!“

Scott (22)

Ein Vogel setzte sich auf den im November nur noch wenig Laub tragenden Baum, unter dem Scott hermarschierte. Er spürte, wie seine Kräfte allmählich nachließen. Von Zeit zu Zeit verschaffte sich etwas Linderung, indem er seine Waden massierte. Er musste sich außerdem um seinen nagenden Hunger kümmern. Allerdings wusste er nicht, wo er etwas zu Essen herbekommen sollte. Von Outdoor-Survival hatte Scott Gerber so viel Ahnung wie ein Schwein vom Fliegen. Scott hatte den Gedanken an seine Familie in der kurzen Zeit beinahe schon ritualisiert. Immer, wenn er darüber nachdachte sich einfach auf den Boden zu legen und abzuwarten, bis ihn eines dieser Dinger fand, rief er sich ihr Bild ins Gedächtnis. Er wollte nicht aufgeben.

Scott überlegte, wie er vorgehen sollte. Nach Augusta wollte er auf keinen Fall zurück, da er die Stadt nur knapp lebendig verlassen konnte. In der Nähe befand sich Monterey. Ein verschlafenes Nest, mehr Tiere als Menschen und zu Fuß von hier gut zu erreichen. *Also Monterey.*

Er packte seine Axt, fing an Schritt aufzunehmen und ging nach Norden. Die Wälder wurden dichter und es war lausig kalt. Als Scott noch rannte und voller Adrenalin war, fiel ihm die Kälte nicht besonders auf. Aber nun war er hungrig und erschöpft und so kroch sie ihm langsam in die Knochen. Nach einer Meile hörte Scott ein vertrautes Geräusch, über das er sich nicht gerade freute. Es war das gurgelnde, schmatzende Stöhnen dieser verdammten Viecher – und sie waren in seiner Nähe. Er konnte eine kleine Lichtung erkennen. Dann hörte ein markerschütterndes Brüllen.

Als er sich näherte, bot sich ihm ein imposantes Schauspiel. Auf der Lichtung stand ein aufgerichteter Grizzlybär und schlug gerade mit einem Tatzenhieb den Kopf eines der gurgelnden Monster zu Brei. Scott zählte einige Körper, die schon zu Boden gegangen waren. *Da habt ihr Biester euch die falsche Beute ausgesucht.* Eigentlich flohen die meisten Bären, wenn sie auf Menschen trafen. Allerdings schien es eine schlechte Idee zu sein, einen Bären fressen zu wollen. Scott wollte nicht warten, um herauszufinden wie der Bär auf seine Anwesenheit reagieren würde und machte deshalb einen Bogen um die Lichtung. Zum Glück waren noch einige Zombies da, die den Bären beschäftigt hielten. Scott kam danach gut voran.

Es konnte nicht mehr allzu lange dauern, dann hätte er Monterey erreicht. Er wollte sich nach Nahrung und Kleidung umsehen. Vielleicht nach einem fahrbaren Untersatz und Benzin.

Teilweise streiften kleine Gruppen der Monster durch den Wald. Bisher konnte er allen ausweichen. *Hoffentlich bleibt das so.* Der Waldrand war in Sicht und Scott trat aus dem Wald heraus. Scott sah auf sein Handy. *Kaum noch Akku und 16.12 Uhr. Lange nicht mehr, dann geht die Sonne unter.* Vor ihm lag Monterey, so verschlafen, wie er es in Erinnerung hatte. Er stand auf einer

Anhöhe und musste bergab, um ins Dorf zu kommen. Nach einer Weile hatte er die ersten Häuser erreicht. Scott vermutete, dass er sich am besten im örtlichen Supermarkt würde versorgen können. In ein paar Häuser könnte er danach noch schauen. Er sah den Supermarkt am Ende der Straße und hielt direkt darauf zu. Auf der Straße lagen einige tote Körper. Keiner machte den Anschein sich zu bewegen. Scott sprintete los und kam an einer Schaufensterscheibe vorbei. *Dieses Nest hat tatsächlich Fernsehempfang.*

Er hörte sich eine Rede des Vizepräsidenten zur Lage der Nation an und traute seinen Ohren kaum. Es handelte sich offenbar um einen Virus, dem auch der Präsident zum Opfer gefallen war. *Der Präsident? Tot?* Das erklärte natürlich einiges. Scott dachte an seine Nachbarin und schloss, dass der Junge, der sie gebissen hatte, ebenfalls infiziert gewesen sein musste. Darum standen all die Leichen wieder auf. Das Virus schien sie auf eine Art am Leben zu erhalten, die Scott nicht begriff. Bisher hatte er nur festgestellt, dass Schläge auf den Kopf oder ins Gesicht am effektivsten waren, um diese Biester aufzuhalten. Nachdem er sich ausreichend informiert hatte, wollte er von der Straße runter. Er nahm seine Axt vor den Körper und betrat den hiesigen Supermarkt.

Scott (23)

Als Scott den Supermarkt betrat, merkte er sofort, dass etwas nicht stimmte. Die Türen standen offen, die Kasse war unbesetzt und im hinteren Teil des Ladens war irgendeine Scheiße im Gange. Flaschen zersplitterten und Regale umgeworfen, Dosen rollten quer durch den Laden. *Vielleicht Plünderer,* dachte er. Er überlegte weiterzuziehen, entschied sich aber anders. Er brauchte Verpflegung. Wenn man dem Fernsehbericht Glauben schenken konnte, war das gesamte Land von dieser Seuche betroffen. Es würde sich über kurz oder lang nicht vermeiden lassen, um Nahrung zu kämpfen. Er hob die Axt und schlich in Richtung des Lärms. Dann erkannte er, dass er sich geirrt hatte: Keine Plünderer, sondern weitere Untote waren hier auf Einkaufstour. Mit ihren unkoordinierten Bewegungen stießen sie sämtliche Lebensmittel von den Regalen. Scott war gerade hinter ihnen, als er eine stöhnende Stimme aus einem Hinterzimmer hörte: „Chris?"

Chris? Die Stimme kam definitiv nicht aus einem Fernseher. War es tatsächlich denkbar, hier doch noch auf einen anderen Menschen zu treffen? Wenn er sich nicht beeilen würde, dann würde er es wohl nicht mehr rausfinden können.

Die beiden Bestien kreischten schrill und wankten aufgeregt auf das Hinterzimmer zu, aus dem die Stimme kam. Scott war schon fast direkt hinter den beiden Kreaturen und er versuchte, sich so gut es ging anzuschleichen. Jetzt waren es nur noch zwei

Meter. Er dachte nicht lange nach und trennte der hinteren der beiden Kreaturen mit einem satten Hieb den Schädel von den Schultern. Der Torso fiel zur Seite um. Aus dem Loch, wo vorher der Kopf gesessen hatte, platschte eine Woge geronnenes Blut auf den Linoleumboden. Der zweite Zombie war bereits in das Zimmer gestapft. Scott rannte ihm hinterher und sah, wie die Bestie sich über einen auf dem Boden liegenden Mann hermachen wollte. Scott schlug mit der Axt zwei Mal zu. Der erste Schlag streifte das Vieh lediglich und glitt wirkungslos an der Schulter herab. Scott schwang die Axt jedoch durch und landete, den Schwung des ersten Schlages erweiternd, einen kraftvollen Treffer in die Seite des Untoten. Von der Wucht wurde dieser gegen einen Schreibtisch geschleudert. Er schien jedoch kaum beeindruckt von der klaffenden Wunde an seiner Hüfte. Knurrend drehte sich der Untote um und fiel Scott an.

Dieser versuchte sich, durch einen wuchtigen Tritt gegen den Brustkorb des Zombies, Platz zu verschaffen. Sein Manöver gelang nur bedingt, da er den Brustkorb nur halb erwischte. Er wollte diesen Kampf so schnell wie möglich beenden, um dem am Boden liegenden Mann zur Hilfe zu eilen. Ein gezielter Hieb und die Sache wäre erledigt. Scott holte aus und ließ seine Axt in Richtung des Schädels der Kreatur niedergehen. Der wuchtige Schlag hätte dem Untoten glatt den Schädel gespalten, allerdings wankte dieser im passenden Moment zu Seite, so dass die Axt den Schädel verfehlte und stattdessen tief in die linke Schulter des Körpers eindrang. Scott wollte noch einen Hieb nachlegen, doch seine Axt hatte sich verhakt und lies sich kaum mehr bewegen. Scott wurde hektisch und riss mit aller Kraft an der Axt. Er befreite allerdings nicht seine Axt, sondern beschleunigte den Zombie in seine Richtung. Das war so nicht geplant.

Er stolperte rückwärts und kollidierte mit der Wand, den Untoten direkt über sich. Der harte Aufprall trieb ihm die Luft aus den Lungen. Scott wurde schwindelig und er bemerkte kaum, wie er mit dem Zombie über sich zu Boden glitt. Er streckte beide Hände zum Hals des Untoten aus, und umklammerte diesen wie einen Schraubstock.

„MISTER, WACHEN SIE AUF UM HIMMELS WILLEN!“, schrie er.

Der Mann auf dem Boden ließ lediglich ein kurzes Stöhnen hören. Verzweifelt drückte und riss Scott am Hals seines Angreifers. Ein deutlich hör- und auch spürbares Knacken ertönte. Scott merkte, wie der vorher gespannte Körper des Zombies erschlaffte. Er hatte dem Mistding mit seinem stählernen Griff den Kehlkopf eingedrückt und das Genick gebrochen. Er rollte den Körper seitlich von sich und stand auf. Um sicher zu gehen, schlug er dem regungslosen Untoten mit der Axt in den Kopf. Das hatte sich bisher als wirksamste Methode herausgestellt.

Scotts Herz hämmerte in seiner Brust, als er versuchte, wieder zu Atem zu kommen. Er sah an sich herab und konnte keinerlei Verletzungen feststellen. *Gott sei Dank.* Er griff zu seiner Axt und näherte sich vorsichtig dem am Boden liegenden Mann. Dieser schnaufte erneut. Scott drehte ihn auf den Rücken, um zu sehen, ob er verwundet war. Bis auf eine Platzwunde am Kopf konnte er nichts feststellen. Wie eine Bisswunde sah es allerdings nicht aus. *Du wirst es offensichtlich überleben, mein Freund.* Da er nun auf dem Rücken lag, atmete der Mann nun mehrere Male direkt in Scotts Richtung.

Was zur Hölle? Scott dachte im ersten Augenblick, er würde gleich ohnmächtig werden, so sehr stank der Mann nach Alkohol. Er hatte vorher keine Zeit gehabt, sich das Zimmer genauer anzusehen. Jetzt entdeckte er auf dem Fußboden zwei Flaschen Jack Daniels, die eine leer, die andere noch mit einem Anstandsschluck gefüllt.

Wow, der Kerl hatte offenbar Durst wie drei Matrosen auf Landgang. Scott kniete sich vor den Mann.

„Hey Mister, wachen Sie auf". Keine Reaktion. Er rüttelte an dem Mann, aber auch das brachte wenig. Scott fiel da nur ein altes Hausmittel ein. Er zog den Mann mit der linken Hand am Oberkörper vom Boden hoch und verpasste ihm mit der Rechten eine gewaltige Ohrfeige.

Zwei Sekunden später öffnete Ray Thompson seine Augen. Im ersten Augenblick hatte er das Gefühl ihm würde der Schädel explodieren. Mit dröhnenden Kopfschmerzen versuchte er seine Augen zu kontrollieren. Sie schienen in seinem Schädel zu kreisen. Zudem nahm er seine Umgebung noch sehr verschwommen wahr.

Das Einzige was er sah, war ein gewaltiger Umriss vor sich und er spürte, dass ihn zwei riesige Pranken an den Armen hielten. Er versuchte sich zu erinnern, was hier vor sich ging, dann fiel es ihm ein. *Die beiden Zombies von eben.* Er konnte sich in seinem Zustand kaum zur Wehr setzen, geschweige denn richtig bewegen. Halbherzig versuchte er den Umriss von sich wegzudrücken. Er erwartete jeden Moment den einsetzenden Schmerz, wenn dieses Mistding ihn angreifen würde.

Doch es folgte kein Angriff. Nach wenigen Sekunden klärte sich seine Sicht und er stellte fest, dass es sich bei dem Umriss um einen Menschen handelte. *Scheint mein Glückstag zu sein.* Der Riese konnte sogar sprechen.

„Hey Mister, willkommen zurück."

„Verdammt, mein Schädel", lallte Ray halb benommen.

Immerhin kann er überhaupt antworten, dachte Scott.

„Ist alles in Ordnung mit Ihnen? Sie bluten am Kopf und riechen, als hätten Sie versucht sich selbst zu betäuben." Scott sprach feststellend, nicht vorwurfsvoll. Ray fühlte sich dennoch unbehaglich. Wie es schien, hatte ihn der Fremde nicht nur gerettet, sondern auch noch volltrunken auf dem Boden liegend aufgefunden. Er wusste nicht genau, was er antworten sollte. Die Art und Weise wie Scott Gerber auf ihn wirkte, ließ ihn zu dem Schluss kommen, dass er es mit der halben Wahrheit versuchen sollte. Die Worte kamen schwerfällig über seine

Lippen, seine Zunge fühlte sich an wie betäubt.

„Wissen Sie... in den letzten 48 Stunden ist... eine Menge passiert. Flugzeugabsturz, Familie nicht zu erreichen, untote Arschlöcher in Streifenwagen und kaum was zu trinken."

„Zumindest das Problem mit den Getränken scheinen Sie gelöst zu haben", sagte Scott.

Auch wenn der Kerl ihm das Leben gerettet haben mochte, hatte Ray keine Lust auf Moralpredigten. „Es ist sogar noch ein Schluck für Sie über", sagte er mit einem versoffenen Grinsen und hielt Scott die nicht ganz geleerte Flasche hin.

Scott ignorierte die Bemerkung und blickte zum noch laufenden Bildschirm des Computers.

„Hören Sie", sagte Ray, „ich erwarte kein Verständnis für mein Verhalten." Sein Schädel hämmerte wie verrückt. Er quälte sich die Worte aus dem Mund. „Ich bin mit einem Flugzeug abgestürzt und habe seit Tagen kein Lebenszeichen von meiner Exfrau oder meinen Kindern erhalten. Ich habe hier an einem Computer versucht jemanden zu erreichen, denn das Internet scheint noch zu funktionieren. Als das nicht geklappt hat, war ich verzweifelt und habe mich volllaufen lassen. Ich gebe zu, dass das nicht die beste Idee war, aber ich dachte, ich sei hier sicher."

Scott war erstaunt, dass der Mann überhaupt zusammenhängende Sätze von sich geben konnte, wenn man bedachte, dass er knapp zwei Flaschen Whiskey intus hatte.

„Ich denke diese Erklärung ist so gut wie jede andere“, antwortete Scott. „Aber ich bin fast froh, Sie enttäuschen zu müssen, denn jemand hat anscheinend auf Ihre E-Mails geantwortet.“

„Heilige Scheiße“, stammelte Ray und versuchte sich aufzurappeln. Scott zog ihn nach ein zwei erfolglosen Versuchen auf die Füße. Als er sich sicher war, dass Ray sich alleine auf den Beinen halten konnte, ließ er ihn los. Ray lief zu dem noch laufenden Computer. Er hatte tatsächlich eine Antwort erhalten, allerdings nicht die, die er sich erhofft hatte. Auf dem Bildschirm war eine Antwort von Gregory, Chris Bruder, zu sehen. Ray öffnete sie und las.

Chris, du glaubst nicht, wie froh ich bin, von dir zu hören. Ich habe versucht, Mom zu erreichen, aber habe nichts von ihr gehört. Hör mir jetzt genau zu, Kleiner, ich hab keine Zeit für Details, hier wollen einige Menschen Nachrichten absetzen. Versuch dich nach Fort Benning durchzuschlagen. Das ist ein Stützpunkt der Army und hier sieht es noch relativ gut aus. Es gibt Soldaten, Medizin und Kommunikation. Eine Menge Überlebende finden sich hier ein, also sieh zu, dass du herkommst. Pass auf dich auf. Greg

„Das wird ihn freuen“, sagte Ray mehr zu sich selbst.

„Wie bitte?“ antwortete Scott.

„Es tut mir leid, ich war sehr unhöflich zu ihnen, Mister...?“

Ray streckte Scott die Hand entgegen.

„Mein Name ist Scott Gerber, nennen Sie mich Scott und entschuldigen Sie die Ohrfeige."

„Da gibt es nichts zu entschuldigen, Scott. Ich heiße Ray Thompson und ich hätte es nicht anders gemacht."

Die beiden schüttelten sich die Hände. „Was verschlägt dich denn ausgerechnet in dieses Nest, Scott? Ich gehe mal davon aus, du bist nicht mit der Absicht hierhergekommen, einem betrunkenen Mistkerl wie mir den Arsch zu retten, oder?"

Scott musste unwillkürlich grinsen. Er konnte sich nicht dagegen wehren, eine gewisse Sympathie für Ray zu hegen. Schließlich hatte auch er nichts von seiner Familie gehört, seitdem dieses Chaos ausgebrochen war.

„Eigentlich die Aussicht auf eine Mahlzeit. Die Tatsache, dass das Fernsehen noch sendet, habe ich mir gar nicht träumen lassen."

„Hier läuft tatsächlich eine riesengroße Scheiße ab."

Scott erzählte Ray daraufhin, was ihm bisher widerfahren war. Von seiner Nachbarin und dem wahrscheinlich mittlerweile völlig überrannten Augusta. Von seiner Suche nach seiner Familie und der bisherigen Erfolglosigkeit. Die einzige Information, deren Wahrheitsgehalt er beugte, war die über seine Eltern. Er sagte Ray, er hätte sie tot zuhause aufgefunden und wollte es für immer dabei belassen. Es machte jetzt sowieso keinen Unterschied mehr.

Ray merkte wie es in Scott arbeitete, als er seine Geschichte erzählte. Die Tatsache, dass ganz Augusta dem Virus zum Opfer gefallen war, erschütterte ihn. Auch er erzählte nun Scott, was er erlebt hatte. Bei dem Teil mit der Bruchlandung bekam Scott große Augen. Ray erzählte von ihrem Zufluchtsort in den Wäldern und den Verletzten dort. Zu guter Letzt, dass Chris bald kommen müsste, um ihn abzuholen. Die E-Mail von Chris Bruder ließ er Scott sogar selbst lesen.

„Und ich dachte, ich sei der einzige, der so einen Höllentrip hinter sich hat", sagte Scott.

„Ich glaube, im Moment haben dieses Problem ziemlich viele Menschen. Was hältst du von der Geschichte mit dem Armeestützpunkt?"

„Ich glaube, wir haben generell wenige Strohhalme nach denen wir im Augenblick greifen können. Außerdem steht da, dass sich viele Überlebende dort einfinden. Das ist die beste Nachricht seit langem."

„Das sehe ich ähnlich. Ich würde mich freuen, wenn du uns begleiten würdest. Wenn wir diese Nachricht präsentieren, bin ich mir sicher, dass Fort Benning unser nächstes Ziel sein wird."

Scott war froh, wieder in menschlicher Gesellschaft zu sein. Immerhin hatte er jetzt wieder einen Plan und ein konkretes Ziel vor Augen, also willigte er ein, Ray zu begleiten. Die beiden Männer setzen eine E-Mail an Scotts Frau Jane ab. Scott hoffte, direkt eine Antwort zu erhalten, allerdings blieb diese aus. In der Mail von Chris Bruder stand allerdings auch, dass viele Menschen auf in Fort Benning sich wenige Computer teilen mussten, also war Scotts Hoffnung von vorneherein vage. Da Ray keinen genauen Zeitpunkt für die Rückkehr von Chris bestimmen konnte, machten sich die beiden danach an die Arbeit, einige Vorräte zusammenzustellen. Scott stillte seinen Hunger mit einigen Dosenwürstchen. Dann dachte er nach und kam zu dem Schluss, dass sich eine vitaminreiche Ernährung in Zukunft schwierig gestalten würde. Also suchte er das Frischobst und aß einen Apfel und steckte sich Orangen in die Tasche. Da es in diesem kleinen Laden keine Taschen oder Rucksäcke gab, die sie mit Vorräten hätten befüllen können, konzentrierten sich die beiden darauf, die kleinen Plastikkörbe an den Kassen mit Konserven und haltbaren Lebensmitteln vollzupacken. Anschließend sammelten sie die Sachen zusammen und stellten sie in die Nähe der Eingangstür. Die Arbeit tat Ray gut. Er schwitzte zwar wie ein Rennpferd, war aber längst nicht mehr so voll wie zum Zeitpunkt des Aufwachens. *Wenn Chris sich noch ein wenig mehr Zeit nimmt, wird er nichts bemerken.* Ray nahm sich zwei der Einkaufskörbe und wollte loslaufen, als er sah, dass Scott die übrigen sechs übereinander gestapelt hatte und sie so mühelos anhob, als wären Gänsedaunen darin.

Rays Augen wurden groß wie Flughafenscheinwerfer. *Dieser Scott ist ein Bulle von einem Mann. Ich sollte ihn nur verärgern, wenn ich in einem Panzer sitze.* Als sie keine Körbe mehr finden konnten, beluden sie noch zwei Wäschewannen mit Nahrungsmitteln, Rauchwerk, Wasser und Medizin. Ray durchsuchte den Kassenbereich und blickte freudig nach vorne.

„Hey Scott, sieh mal, was ich gefunden habe.“ Er präsentierte eine schwarze Machete, die der Ladeninhaber offenbar zum Schutz vor Räubern in den unteren Regalen der Kasse aufbewahrte.

„Na, die könnte sich in jedem Fall als nützlich erweisen, Crocodile Dundee.“

Ray stöberte noch ein wenig weiter und konnte die dazugehörige Lederhülle finden. Anschließend befestigte er die Klinge seitlich an seinem Gürtel. Er wollte gerade wieder nach vorne gehen, da hörte er Motorengeräusche in der Ferne. *Hört sich nach Chris' Pickup an.*

Scott war gerade damit beschäftigt, die letzten gebackenen Bohnen aus den Tiefen eines Regals zu kramen, als er das Motorengeräusch ebenfalls hörte. Er hob den Kopf und blickte zu Ray.

„Chris ist auf dem Rückweg, lass uns die Sache hier zu Ende bringen“, sagte Ray.

„Nichts lieber als das. Ich starre immer wieder in Richtung Haupteingang, weil ich auf weiteren Besuch unserer stinkenden Freunde warte.“

„Das geht mir ganz genauso“, bestätigte Ray. „Wird Zeit,

dass wir hier wegkommen.“

Als Chris anhielt, verließ Ray zuerst das Geschäft, um ihn zu begrüßen. Scott folgte einige Sekunden später. Ray stellte Chris seinen Retter vor und erzählte, wie er ihm beim Zusammenräumen des Proviants geholfen hatte. Chris schüttelte Scott die Hand, wollte aber dennoch wissen, wie sich das ganze zugetragen hatte. Ray wurde zuerst etwas mulmig, aber Scott erklärte geduldig, dass die beiden Zombies Ray am Computer überrascht hätten. Dann sei er ihm direkt zu Hilfe geeilt. Den Vollrausch ließ er außen vor und erntete dafür einen äußerst dankbaren Blick von Ray.

Als Chris von der E-Mail seines Bruders erfuhr, war er völlig aus dem Häuschen. Er rannte ohne Umschweife zum Computer im Hinterzimmer und las sie aufmerksam durch. Seinem Gesicht konnte man die Erleichterung deutlich ansehen. Ray erzählte von der Idee, Fort Benning als Ziel ihrer Gruppe zu wählen. Chris war logischerweise sofort einverstanden.

„Dann brauchen wir aber ein zweites Fahrzeug“, meinte er. „Mein Pickup reicht nicht für alle Leute.“

Ray schlug daraufhin vor, nochmal die Mails zu checken, und Chris und Scott die Suche nach einem Pkw zu überlassen. Diese willigten ein und sahen sich in dem kleinen Ort noch ein wenig um. Mittlerweile setzte die Dämmerung ein. *Das ist genug Zeit, um meine Whiskeyreserven für die nächsten paar Tage aufzustocken,* dachte Ray. Er ging zurück in den Laden und sah sich um. Als er drei Flaschen Stoff in seinem Rucksack verstaut hatte, war er zufrieden und genehmigte sich noch einen großen Schluck für seine Nerven.

Beinahe beiläufig sah Ray aus einem der Supermarktfenster und glaubte zu träumen. Etwa achtzig Meter entfernt sah er eine Person, die vor einer Hauseingangstür stand. Es war Cain Bellard, eine der vier Personen, die vor kurzem Chris' Haus verlassen hatten. Cain blickte sich nervös um, mit einem Schraubenschlüssel in der Hand und verschwand in einem der Häuser.

Ray wusste nicht genau, was er tun sollte. Dann siegte seine Neugierde und er wollte sehen, was Cain dort trieb. Mit der Hand an seiner neu erworbenen Machete schlich er in Richtung der Häuser. *Hoffentlich brauchen Chris und Scott einen Augenblick.*

Er kam an der Eingangstür des Hauses an, welches Cain betreten hatte, und lauschte einen Moment. Nichts. Ray betrat das Haus und zog seine Machete. Im oberen Stockwerk konnte man Geräusche hören. Schubladen und Schränke wurden auf- und zugeworfen. *Hört sich an, als würde er etwas suchen.*

Ray ging die Treppe hinauf, obwohl er sich insgeheim fragte, warum er das hier machte. Auf einmal hörte er einen Schrei. Es war Cains Stimme. Ray polterte die Treppe hinauf und sah eine Tür, welche einen Spalt breit aufstand. Seine Hand griff die Machete fester und er machte sich bereit. Mit dem Fuß stieß er die Tür auf und betrat den Raum. Es war mal ein schönes großes Schlafzimmer, mit einem Himmelbett in der Mitte gewesen. Das Bett war mittlerweile allerdings voller krustigem, altem Blut. Auf dem Bett lag ein alter Mann im Schlafanzug mit einer gewaltigen Bisswunde am Bein. Er hatte die Augen geöffnet und gab die typisch gurgelnden Geräusche von sich, die Ray mittlerweile schon kannte. Die Partnerin des alten Mannes war auch da. Sie lag auf Cain. Er hatte die Leichen offenbar nicht überprüft und steckte nun in der Scheiße. Cain lag links neben dem Bett auf dem Boden und versuchte, die nach ihm schnappende Frau mit Händen und Füßen von sich zu schieben. Als er Ray sah, weiteten seine Augen sich ungläubig. Der Oberkörper des toten Mannes zuckte in Bellards Richtung.

„Thompson, Gott sei Dank! Schaffen Sie dieses Ding von mir weg!“, bellte Cain in Rays Richtung. Ray sah den am Boden liegenden Mann, der ihn mit flehendem Blick anstarrte. Cain trug einen nagelneuen olivgrünen Parka, den er in einem der anderen Häuser erbeutet haben musste. Ein Bild seiner Exfrau und seiner Kinder schoss ihm plötzlich ins Gedächtnis. Er erinnerte sich an Nick und Mia und sah das Bild des abstürzenden Flugzeugs vor sich. Er dachte an Chris und Scott, die ihm beide zur Seite gestanden hatten. Dann dachte er an Duke Powell und an Pam und Danny und wie diese drei sich ihm gegenüber verhalten hatten. Ray richtete sich auf, blickte Cain Bellard in die Augen und entgegnete trocken: „Hilf dir selbst.“

Mit diesen Worten machte er auf dem Absatz kehrt, schloss die Tür und ging nach unten. Noch auf der Treppe konnte er einen lauten Schmerzensschrei hören. Er drehte sich nicht mehr um und verließ das Haus.

Ray (24)

Im Supermarkt wartete Ray auf die Ankunft seiner beiden Gefährten. Während er nochmals die Mails checkte, tobte in seinem Kopf ein erbitterter Kampf zwischen seinem Verstand und seinem Gewissen, ob er Reue verspüren sollte. Cain war nicht unbedingt ein Arschloch gewesen, allerdings war er ihnen gefolgt.

Ray versuchte sich einzureden, dass er Duke Powell geradewegs zu ihm geführt hätte. Und dem wollte Ray hier nun wirklich nicht mehr begegnen.

Nach einigen Minuten hörte Ray ein weiteres Motorengeräusch. Er trat zum Fenster und blickte mit der Machete in der Hand aus dem Supermarkt. Er atmete auf, als er Scott und Chris in einem VW Kastenwagen vorfahren sah. Dieser bot einiges an Platz für Vorräte und Personen. Die beiden waren guter Dinge und hatten sich unterwegs anscheinend blendend verstanden. Ray begrüßte sie und teilte ihnen mit, dass es keine neuen Mails gegeben habe, erwähnte aber kein Wort von der Begegnung mit Cain Bellard. Jeder Punktverlust für Duke Powell war ein Punktgewinn für ihn. Die drei Männer beluden die beiden Fahrzeuge still und machten sich dann auf den Weg zu Chris' Haus.

Josh (25)

Josh hastete durch den Wald. Seine Oberschenkel brannten nach einiger Zeit wie Feuer, doch er rannte alle Schmerzen ignorierend durch das Unterholz. Er wusste nicht wie lange er schon gelaufen war. Josh war weder besonders kräftig noch besonders ausdauernd und merkte schnell, dass er sein Tempo nicht würde halten können.

Zu Beginn hatte er versucht auf der Straße wegzulaufen, doch der große Zombie hatte erstaunlich schnell aufgeschlossen, also war Josh in den Wald geflüchtet. Zwar hatte er damit ihn und die übrigen Untoten abschütteln können, doch er hatte auch die Straße aus den Augen verloren. Es war ihm nicht möglich zu sagen, wie viel Entfernung er zwischen sich und seine Verfolger gebracht hatte, weil Josh sie nicht mehr sah, doch er hörte immer wieder dieses Kreischen. Also zwang er sich weiter zu laufen.

Josh hielt geradewegs auf einen kleinen Hügel zu. *Ich muss mich orientieren.* Als er oben angekommen war, sah er, dass Licht in den dichten Wald fiel. *Die Straße!* Er war erleichtert, als er erkannte, was die Ursache für das Licht war. Auf der Straße stand ein Militärtruck. Offenbar waren Leuchtmittel um diesen herum aufgestellt und er konnte mehrere Gestalten erkennen. *Ich habe es tatsächlich geschafft.* Josh schickte ein Stoßgebet in den Himmel und hielt direkt auf den Truck zu. Er betete, dass es sich bei den Gestalten um Soldaten handelte. Lebendige Soldaten.

Josh (26)

„Yo Mickey, kannst du was sehen?“ Private Mike Miller war auf die offene Ladefläche des Militärlasters gesprungen und spähte in den Wald.

„Nein, gar nichts, du Angsthase. Der scheiß Wald ist sowieso viel zu dicht.“

„Was war das für ein Kreischen? Das klang nicht nach einem Tier.“

„Schnauze halten, alle beide. Private Miller, Sie bleiben vorerst dort oben und erstatten umgehend Meldung, sobald Sie etwas sehen“, bellte Private First Class Chad Petersen.

„Das ist doch Scheiße, *Sir*. Und nur weil du für heute Nacht das Kommando hast, musst du nicht so geschwollen quatschen Chad, hier ist außer uns niemand. Alle sind auf dem verdammten Stützpunkt. Nur wir nicht. Warum müssen wir überhaupt mitten in der Nacht einen Vorposten im Wald errichten? Der Stützpunkt hat Wachtürme und einen verdammten Zaun. Und dann diese Defcon-Scheiße. Wir sollten damit beschäftigt sein, unsere Sachen zu packen, um irgendwo einzumarschieren. Stattdessen schleppen wir bescheuerte Sandsäcke. Das macht alles keinen Sinn“, ereiferte sich Mike.

„Fick dich, halt lieber die Augen offen. Ich weiß doch auch nicht warum wir hier sein sollen. Ich habe vorhin mit diesem

Weasel von der Charlie Kompanie gesprochen, der hat irgendetwas davon erzählt, dass die Leute durchdrehen. Weasel faselte etwas von einem Fallout innerhalb der Vereinigten Staaten. Wenn du mich fragst alles Bullshit. Das hier ist die inoffizielle Strafe für die Kneipenschlägerei letzte Woche, irgendwie haben die raus bekommen, dass wir dabei waren. Aber Befehl ist Befehl. Also: Weitermachen!“

Die Soldaten nahmen ihre Arbeit wieder auf. Seit den Abendstunden waren sie damit beschäftigt gewesen, zwei MG-Nester aus Sandsäcken neben der Straße zu errichten.

Chad hatte einen Plan von einer erweiterten Umzäunung mehrere hundert Meter außerhalb von Fort Benning gesehen, doch der Sinn davon wollte sich ihm nicht erschließen. So ein Zaun würde eine Aufgabe sein, die Wochen in Anspruch nehmen würde. Noch während Chad Petersen sich darüber Gedanken machte, brach Josh aus dem Unterholz.

„KONTAKT! KONTAAAAKT! Stehen bleiben!“, schrie Mike von der Ladefläche; das Sturmgewehr im Anschlag.

Josh kam ins Straucheln und fiel auf alle Viere. „Nicht Schießen. Josh Pelletier. Mein Vater ist Master Sergeant Pelletier. Ich lebe und werde verfolgt!“

„Ich sehe, dass Sie leben, verdammt. Warum sollten Sie auch nicht? Aber sagten Sie da gerade Master Sergeant Pelletier?“

„Ja, das ist mein Dad.“ Josh erhob sich und ging langsam auf die Soldaten zu.

„Haben Sie eben im Wald gekreischt, Sir? Kommen Sie her, aber lassen Sie die Hände da, wo ich sie sehen kann.“

Josh blickte sich suchend nach hinten um, scheinbar hatte er seinen Verfolger abgehängt. Er hatte es offenbar tatsächlich geschafft, den Stützpunkt zu erreichen. *Ich bin in Sicherheit, vorerst.*

Die Tatsache, dass Josh den Soldaten in die Arme gelaufen war, war für diese der wohl beste Vorwand, den stumpfsinnigen Auftrag abzubrechen und den Zivilisten auf den Stützpunkt zu geleiten.

Chad ließ direkt aufsitzen und so fuhr der Truppentransporter kurze Zeit in Richtung Stützpunkt.

Gemeinschaft (27)

Scott stieg aus dem Wagen, den er in Monterey mit Chris besorgt hatte. Chris und Ray fuhren im Pickup zum Haus. Es war mittlerweile finstere Nacht und die drei Männer waren hundemüde. Kein Wunder nach den Ereignissen der letzten Tage. Trotzdem entluden sie noch die Fahrzeuge zusammen mit den anderen, die schon früh auf die ankommenden Fahrzeuge aufmerksam geworden waren.

Phil stand mit seiner Forke Wache an der Haustür. Er freute sich wie ein Schneekönig, als er Chris und Ray erblickte. Scott hingegen blickte er skeptisch an.

„Dieser junge, gut aussehende Mann ist definitiv ein Freund", versicherte Ray.

Das genügte Phil als Erklärung und er schüttelte Scott die Hand. Spätestens als er Scott beim Entladen zuschaute, war er froh um dessen Anwesenheit. Nur ein Gabelstapler hätte die Fahrzeuge schneller ausräumen können. Ray wollte den Rest der Flüchtlinge nachts nicht mehr wecken, um Scott vorzustellen. Er war sich sicher, dass das einen Tag Zeit hatte. Er legte sich zu Cathy auf das Schlafsofa und schlief sofort ein. Cathy merkte, dass Ray völlig ausgelaugt war und kuschelte sich an ihn.

Chris zeigte Scott einen verfügbaren Schlafplatz und reichte ihm eine dicke Wolldecke. Er schürte noch einmal das Feuer seines Kamins, bevor er sich selbst hinlegte. Auch Scott fielen auf Anhieb die Augen zu. Im Haus kehrte, bis auf Scotts zufriedenes Schnarchen, Stille ein.

Chris war der Erste, der am darauf folgenden Morgen aufwachte. Allerdings nicht ganz freiwillig, denn die Kinder veranstalteten einen Heidenlärm. Trotzdem fühlte er sich erholt und war bereit Pläne zu schmieden. Er weckte Scott mit frisch aufgebrühtem Kaffee. Dann stellte er seinen großen, neuen Freund der übrigen Zweckgemeinschaft vor. Alle waren froh, weitere Verstärkung im Haus zu haben. Und bei Scott Gerber konnte man nun wirklich von einer Verstärkung sprechen.

Auch Cathy war bereits auf den Beinen. Sie bereitete ein Frühstück zu und war damit beschäftigt, die erbeuteten Vorräte zu rationieren. Ihren ehemaligen Captain hatte sie schlafen lassen, er sollte wieder zu Kräften kommen.

Als Ray schließlich erwachte und hinunter stapfte, sah er als erstes Cathy bei den Kindern stehen. Sie sahen glücklich aus. Die Morgensonne schien zum Fenster herein und tauchte Cathys weiche Gesichtszüge in helles Licht. Ray fragte sich, wie sie in einer derartigen Situation so atemberaubend aussehen konnte. Alle Bewohner hatten ein Lächeln oder eine Nettigkeit für Cathy übrig. Ray erfuhr von Phil, dass Cathy außerdem die Wachschichten organisiert hatte und sich auch sonst um alles kümmerte. Ray hatte ihr morgens von Scott berichtet und wie dieser ihn im Supermarkt gerettet hatte. Sie revanchierte sich bei Scott mit einem leckeren Frühstück und einer Umarmung.

Ray begrüßte Cathy seinerseits mit einer langen Umarmung und einem innigen Kuss. Er erkundigte sich dann nach Greg und Howard. Ihr Zustand hatte sich bereits erheblich verbessert. Ray war zufrieden und dachte über das weitere Vorgehen nach. *Vielleicht ist im Flugzeugwrack noch etwas Nützliches zu holen.* Er dachte an Decken, Kleidung und weitere Medikamente. Er wollte nicht allzu lange warten, sondern ihren Plan, nach Fort Benning aufzubrechen, so schnell wie möglich umsetzen. Als alle gefrühstückt hatten, rief Ray die Hausgemeinschaft zusammen und ergriff das Wort.

„Leute, wir haben uns fürs Erste mit dem Nötigsten versorgt, aber uns fehlen sowohl Platz als auch Waffen. Chris' Bruder hat uns eine E-Mail zukommen lassen, in der er uns berichtet, dass viele andere Überlebende es nach Fort Benning geschafft haben. Das Internet scheint in Teilen noch zu funktionieren und dort können wir möglicherweise unsere Familien erreichen und sind in Sicherheit."

Ray schaute in die Runde und sah bereits das erste zustimmende Nicken. „Scott, Chris und auch ich sind der Meinung, dass die Army Base unsere beste Alternative ist. Dort gibt es Soldaten, Betten, Zäune und Kommunikation. Ich glaube, unsere Überlebenschancen sind dort erheblich besser als hier im Wald. Ich will das allerdings nicht alleine entscheiden, also frage ich euch, was ihr davon haltet."

Niemand wollte dem widersprechen. Tatsächlich erhellte

sich bei den meisten die Miene, als Ray von der E-Mail erzählte. In den meisten Gesichtern spiegelte sich die unausgesprochene Hoffnung, einige ihrer Liebsten doch noch einmal wiederzusehen. Cathy nahm Ray kurz bei der Hand und lächelte in die Runde. Ray wusste, dass sie diese Geste ihm zuliebe machte. Damit war die Entscheidung, zum Army Stützpunkt aufzubrechen, getroffen. Ray war allerdings noch nicht ganz am Ende mit seinem Plan.

„Ich denke auch, dass es sinnvoll ist, nochmal das Flugzeugwrack nach Kleidung und anderen wichtigen Gegenständen abzusuchen. Ich weiß dass wir einen gut ausgestatteten Erste-Hilfe Koffer an Bord hatten, der regelmäßig gewartet wird."

„Sinnvoll ist es vielleicht, aber auch gefährlich", warf Phil ein.

„Wir verbessern unsere Chancen mit allem, was wir in die Hände bekommen können", meldete sich Scott zu Wort.

„Ich stimme den beiden zu", stellte Chris fest. „Allein die Tour nach Monterey war Gold wert und Rays Ideen hatten bisher immer Hand und Fuß."

„Wer soll gehen?", fragte Cathy.

„Chris, Scott und ich hatten bisher den meisten Kontakt mit diesen Biestern. Würdet ihr mich nochmal zum Wrack begleiten Männer?"

„Irgendwer muss ja auf dich Acht geben", schmunzelte

Scott mit einem Zwinkern. Chris nickte in Rays Richtung. Damit war die Sache klar. Die Überlebenden würden alles an Vorräten zusammenraffen, was sie auftreiben konnten und dann zur Militärbasis aufbrechen.

Chris blickte plötzlich auf, als wäre ihm etwas siedend heiß eingefallen. Dann ging er schnellen Schrittes zu seiner Garage und fing an, dort herumzuwühlen. Nach einigen Minuten kehrte er stolz in das Wohnzimmer zurück.

„Ich wusste, dass ich sie noch irgendwo herumfliegen habe", verkündete er. In seiner ausgestreckten rechten Hand hielt er eine schwarze Präzisionsschleuder und in der linken die dazu passenden Stahlkugeln. Ray schaute zunächst etwas skeptisch.

„Was ist das für ein Ding, Chris?"

„Kommt mit, ich werde es euch demonstrieren." Chris stürmte beinahe nach draußen. Scott und Ray folgten ihm. Chris nahm eine Stahlkugel zwischen die Finger und suchte sich ein geeignetes Ziel aus. Am Ende seiner Einfahrt stand eine potthässliche Engelsstatue aus Stein. Chris stand etwa fünfzehn Meter davon entfernt. Er legte die Stahlkugel in das Munitionsreservoir und spannte die Gummibänder bis zum Anschlag. Dann ließ er die Kugel fliegen und sah nur noch, wie die Statue in kleine Stücke zerbarst. Scott und Ray stand der Mund offen.

„Was ist das für ein Höllengerät, Chris? Das ist ja der Wahnsinn." Scott schien sichtlich beeindruckt zu sein, nicht zuletzt von Chris' Treffsicherheit. Auch Ray stand der Mund offen, dann schaute er sehr zufrieden drein.

„Die Schleuder habe ich mir mal gekauft, um Krähen aus meinem Garten zu vertreiben. Es war die stärkste und teuerste, die es damals gab. Ich hatte selbst nie mit so viel Wucht gerechnet. Mein Neffe war hier mal zu Besuch und ich wollte ihm zeigen, wie die Schleuder funktioniert. Ich zielte auf eine Krähe im Garten, aber das Mistviech ist sofort tot vom Ast gefallen, als ich es getroffen hatte. Mein Neffe hat den ganzen Nachmittag durchgeheult und ich hatte das schlechteste Gewissen meines Lebens. Weil ich nicht die ganzen Vögel hier erschießen wollte, habe ich die Schleuder schließlich weggeräumt." Chris kratzte sich am Kopf und grinste verlegen.

Scott lachte plötzlich lauthals los. Er wusste, dass der Zeitpunkt etwas unpassend war, aber er konnte nicht an sich halten. Ray fiel in das Gelächter ein, dann auch Chris. Es tat gut, mal wieder richtig zu lachen. Die drei gingen ins Haus um sich auszurüsten. Sie wollten die Sache schnell über die Bühne bringen. Chris steckte seine Schleuder in die Hosentasche und rüstete sich mit einer Bauchtasche für die Munition aus. Scott nahm seine Axt an sich und brachte zwei Rucksäcke zu Chris' Pickup. Ray holte seine Machete und nahm noch einen großen, beruhigenden Schluck aus einer der mitgebrachten Whiskeyflaschen zu sich. *Das muss reichen, die anderen sollen nichts merken.* Er konnte die Wirkung direkt spüren und merkte, wie er sich besser fühlte. Chris redete mit Phil. Anscheinend vertraute er ihm gerade erneut sein Heim an. Er legte Phil die Hand auf die Schulter und Phil nickte ihm pflichtbewusst zu. Ray ging zu Cathy und nahm sie in den Arm und gab ihr einen Klaps auf den Hintern. Sie erwartete offensichtlich einen Kuss, aber Ray überspielte das mit einem Augenzwinkern. Sie sollte den Whiskey nicht schmecken. Zum Glück schien sie sich daran nicht zu stören. „Den hole ich mir aber später von dir, Captain Thompson."

„Jawohl Ma'am." Ray salutierte spielerisch mit den Fingern und lächelte dabei pflichtbewusst. „Keine Sorge, wir sind bald wieder da." Er versuchte ein beruhigendes Gesicht aufzusetzen.

Chris hatte mittlerweile den Motor seines Pickup gestartet. Scott und Ray verließen gemeinsam das Haus.

„Sie scheint dich sehr zu lieben." Scott blickte einen kurzen Augenblick wehmütig.

„Gott weiß, warum das so ist", erwiderte Ray. Dann stiegen die beiden ein und Chris fuhr los. Sie brauchten nur wenige Minuten, um die Absturzstelle zu erreichen. Der Pickup wurde etwa dreihundert Meter abseits geparkt. Chris wendete den Wagen in Richtung Haus, so dass sie wenn nötig schnell wieder abhauen konnten.

An Bord der Maschine hatten sich ziemlich viele Menschen befunden. Möglicherweise waren viele von ihnen schon zu Zombies geworden. Chris wollte nicht riskieren, den Wagen zu beschädigen, indem er bis ganz an die Absturzstelle heranfuhr.

Sie würden den Pickup noch brauchen. Die drei stiegen aus und legten das letzte Stück zu Fuß zurück. Nach einem kurzen Stück hob Scott die Hand. „Wir sind hier nicht alleine."

„Hatte ich auch nicht erwartet, an Bord befanden sich noch einige Passagiere. Wenn es doch noch Überlebende gab, die gebissen wurden, haben sie sich verwandelt. So stand es zumindest in den Foren im Internet. Und wenn man diesen Berichten glauben darf, können mittlerweile überall Zombies umherstreunen", antwortete Ray. Chris nahm seine Schleuder heraus und beobachtete die Umgebung. Dann zeigte er in Richtung des Wracks. Die Nase des Flugzeugs ragte wie ein Pfeil aus dem Wasser des Sees.

„Da sind einige Untote am Ufer. Aber einige Koffer sind auch an Land getrieben."

„Okay, ab hier wird es ernst Männer. Passt auf eure Ärsche auf."

Scott ging grimmig voran. Chris ging einige Schritte hinter ihm, gefolgt von Ray. Vor ihnen standen etwa fünfzehn Untote. Diese bewegten sich entweder planlos am Ufer oder wankten durch das eiskalte Wasser in Ufernähe. Da die Drei nicht sonderlich auf Heimlichkeit achteten, hatten die Bestien schnell bemerkt, dass sie da waren und bewegten sich schlurfend in ihre Richtung. Scott spürte das Adrenalin, das durch seine Adern zirkulierte. Allerdings kontrollierter als bei seinen ersten Begegnungen mit diesen Monstern.

„Ich gehe nach links. Ray, du in die Mitte, dann kann Chris auf die Nachzügler aus dem Wasser schießen und uns Deckung geben."

Ray atmete tief ein. „So machen wir es."

Scott rannte los und bewegte sich auf die linke Uferseite. Vor sich hatte er vier Zombies, die versetzt hintereinander standen und ihn so nicht auf einmal angehen konnten. Er stellte sich stabil vor den ersten hin und holte schwungvoll mit der Axt aus. Das Axtblatt sauste in einem schnellen Bogen durch die Luft und halbierte der weiblichen Untoten sauber die Schädeldecke. Der zweite Zombie hatte einen kleinen, dicklichen Männerkörper. Scott wollte gerade zuschlagen, als der Kopf des Untoten ein Geräusch von sich gab, als würde man mit einem Pümpel einen Abfluss reinigen. Danach klappte der Körper nach hinten und bewegte sich nicht mehr. Scott schaute verwundert, sah aber dann ein klaffendes rotes Loch, wo einmal das linke Auge war. Chris hatte ihn erschossen und das sogar noch äußerst präzise. Scott blickte nach rechts, um nach Ray zu schauen. Er sah Ray über einem weiblichen Körper stehen und ihn mit der Machete auf den Kopf eindreschen. Im See trieben mittlerweile bereits fünf weitere Leichen, die alle auf das Konto von Chris gingen. Er zeigte eine beeindruckende Effektivität mit der Schleuder. *Bleiben noch sieben.* Scott sah, dass Chris einige Male daneben schoss oder zu tief anhielt. Aber er konnte bewundernswert schnell nachladen und erneut feuern.

Ray ließ derweil von seinem Zombie ab. Er war endgültig tot. Eine weitere Kreatur stürzte jedoch bereits auf ihn zu. Es war ein ziemlich stattlicher Zombie, der die zwei Meter ankratzte. Er starrte Ray mit leeren Augen und weit aufgerissenem Mund an. Geifer tropfte von seinen aufgeplatzten Lippen und seine Kleidung war völlig zerrissen. Die Bestie hob den rechten Arm und versuchte nach Ray zu greifen. Dieser beantwortete den Griff mit einem diagonal vor seinem Körper verlaufenden Schlag seiner Machete. Der rechte Arm des Zombies wurde am Ellenbogen sauber abgetrennt und fiel zuckend zu Boden. Ray ergriff seine Klinge mit der linken Hand am Griff und hielt die rechte hinter dem Griff. Dann trieb er die Machete mit einem wuchtigen Stoß durch die Augenhöhle des Untoten. Dieser sackte auf dem Ufer in sich zusammen und Ray zog die Machete aus dem Schädel heraus.

Ray sah aus dem Augenwinkel etwas in seine Richtung fliegen und duckte sich instinktiv. Er sprang beinahe einen halben Meter rückwärts von der vermeintlichen Gefahr weg. Dann bemerkte er, dass der Schädel eines weiteren Zombies dort im Sand lag. Er blickte sich nach rechts um und sah Scott, der wie ein Mähdrescher durch die verbleibenden beiden Zombies fegte. Scott deckte die Körper mit so vielen Schlägen ein, dass es sich anhörte und aussah, als hätte man sie in einen Mixer gesteckt. Nach kurzem Gefecht gingen beide zu Boden und Scott schnaufte durch. Chris hatte drei weitere Angreifer niedergestreckt. Es blieb ein letzter. Eine junge Frau, die hinter allen anderen gestanden hatte. Sie konnte zu Lebzeiten höchstens zwanzig Jahre alt gewesen sein. Ray warf einen Blick auf das Gemetzel um ihn herum und dann auf die junge Frau, die sich schlingernd und stolpernd zu ihnen schleppte.

„So eine Scheiße. Keiner hat so einen Tod verdient, geschweige denn so ein halbes Leben“, stöhnte Ray.

„Wir sollten so viele erlösen, wie wir können. Ich würde nicht in so einem Dämmerzustand dahinvegetieren wollen“, bestätigte Chris.

Scott ging auf ihren letzten Widersacher zu und auch Ray trat zu ihr. Scott stieß den zierlichen Körper mit dem Axtblatt zu Boden und Ray beendete ihr jämmerliches Dasein mit einem Schlag in den Kopf. Die drei Männer atmeten kurz durch, verschwendeten aber keine Zeit damit, über das Erlebte nachzudenken. Sie durchwühlten einige Koffer und packten Kleidung, Hygieneartikel und ein langes Seil samt Karabinerhaken ein. Den Erste-Hilfe Kasten konnten sie nicht finden.

„Scheiße, der wird noch an Bord sein“, stellte Ray fest.

„Wie sollen wir da ran kommen?“, überlegte Chris. Er gab die Antwort selbst.

„Wir sichern einen von uns mit dem Seil und der schwimmt das kurze Stück zum Wrack.“

„Ich mach das“, hörte Ray sich sagen. „Ich weiß, wo das Ding hängt und wenn ich es nicht packe, ziehe ich am Seil und ihr zieht mich raus.“

Scott versprach Ray, ihn zur Not mit einem Ruck aus dem Wasser zu befördern. Ray glaubte ihm aufs Wort, als er sah, wie sich seine tellergroßen Hände um das Seil legten. Chris knotete ihn fest und sicherte ihn mit einem der Karabiner an der Hüfte.

„Sei vorsichtig Mann…“ Chris wollte Ray noch viel Glück wünschen, aber der lief bereits ins Wasser.

„Wenn wir zu lange darüber diskutieren, friert mir mein kleiner Captain ein“, rief Ray, als er schon bis zu den Knien im Wasser stand.

„Bis zum Wrack sind es dreißig Meter, das packt er schon.“

Scott blickte aufmunternd zu Chris. Ray schwamm ein kurzes Stück und dachte er müsse tatsächlich erfrieren, so kalt war das Wasser. Kurz darauf erreichte er das Cockpit. Mit gewaltiger Anstrengung zog er sich zu einem Loch an der Seite, das beim Absturz entstanden war. Er blickte ins Innere und wusste welchen Anblick er noch zu ertragen haben würde. Dort lagen immer noch die sterblichen Überreste seines langjährigen Co-Piloten Nick. Ray versuchte, nicht zu ihm zu schauen und blickte sich nach weiteren Gefahren um, als er im Inneren angelangt war. Er stand auf wackeligen Beinen, da das Cockpit schräg aus dem See ragte. Er glaubte, unter sich Bewegung wahrzunehmen, aber unter Wasser konnte seine Phantasie ihm auch einen Streich gespielt haben. Ray wollte es gar nicht herausfinden. Er ging zu dem ursprünglichen

Aufbewahrungsort des Erste-Hilfe-Kastens und fand diesen auf Anhieb.

Er sprang etwas erschöpft und bereits völlig unterkühlt zurück ins Wasser. Scott und Chris zogen ihn so schnell es ging zurück ans Ufer. Dort angekommen, klammerte Ray sich immer noch an den geborgenen Kasten. Er wollte auf die Beine kommen, aber seine Beine schlotterten zu stark. Im zweiten Versuch schaffte er es. Chris öffnete den Wagen und fuhr die Truppe zurück zum Haus.

Dort sahen die Männer drei Leichen vor dem Haus liegen. Während sie ausstiegen, stürmte ihnen bereits Phil entgegen und erklärte stolz, dass diese drei seiner Forke zum Opfer gefallen seien. Allmählich lernten sie, wie man mit den Zombies fertig werden konnte. Scott stützte Ray zusammen mit Cathy auf dem Weg hinein. Sie platzierten ihn direkt am Feuer und legten ordentlich Holz nach. Danach wurde er von Chris in Decken eingewickelt. So eingepackt verbrachte er die nächste Stunde am Feuer.

Scott saß bei ihm während Chris und die anderen bereits Sachen packten und sich zum Aufbruch bereit machten. Scott stand auf und kam nach kurzer Zeit mit zwei dampfenden Tassen zurück.

„Tee“, verkündete er.

Hoffentlich mit Schuss, dachte Ray. Anscheinend konnte man ihm seine Skepsis ansehen.

„Probier, du wirst ihn lieben“, versicherte Scott. Ray nahm einen Schluck und stellte fest, dass die Tasse halb Tee und halb Rum enthielt. Er sah Scott an.

„Den haben Chris und ich in dem Haus gefunden, wo wir die Autoschlüssel für den anderen Wagen her haben. Ich weiß, dass du hin und wieder einen brauchst, Ray. Du hast eben im Auto auch wieder nach Fusel gerochen. Es geht mich vielleicht nichts an, aber ich denke du solltest das in den Griff bekommen, Captain.“

„Ich weiß, mein Freund, schon alleine um ihretwillen.“ Scott nickte verständnisvoll.

Die beiden leerten ihre Tassen zusammen. Es blieb bei der einen. Dann stand Scott auf und half beim Packen. Ray blieb noch eine halbe Stunde am Feuer sitzen, um sich aufzuwärmen. Morgen würden sie aufbrechen.

Gemeinschaft (28)

Der Tag neigte sich dem Ende zu und die Dämmerung hatte bereits eingesetzt. Ray wollte gerade neues Holz holen, als es passierte. Er sah sie die Straße aus Richtung Monterey her laufen. Es waren mehr als sonst. Viel mehr. Er rannte ins Haus.

„Leute, wir bekommen Besuch", rief er, während er die Treppe hoch lief. Alle schauten ihn verdutzt an.

Vom Balkon seines Zimmers aus hatte Ray einen besseren Blick. „Verdammt", flüsterte er zu sich selbst.

„Was ist los?", fragte Cathy, die hinter ihm her geeilt war.

„Schau selbst."

Als Cathy vom Balkon aus in Richtung Süden blickte, wurde ihr Mund trocken. „Wie viele sind das?"

„Ich weiß es nicht. Fünfzig? Hundert? Für meinen Geschmack zu viele. Und die Mistviecher kommen in unsere Richtung."

„Was sollen wir tun?" Cathy klang verzweifelt. „Sollen wir direkt aufbrechen?"

„Cathy, wir müssen genau in ihre Richtung. Das wäre Selbstmord."

Mittlerweile waren auch Chris und Scott oben auf dem Balkon angekommen.

„Ach du heilige Scheiße", entfuhr es Scott.

„Sieht nach Ärger aus“, meinte Chris.

Auch Phil kam die Treppe hoch. Als er die sich nähernde Zombiehorde sah, wurden seine Lippen zu einem schmalen Strich. „Wie viele?“

„Schwer zu sagen. Fünfzig bis hundert denke ich“, sagte Ray.

„Was nun?“, fragte Phil.

„Vielleicht ziehen sie vorbei“, meinte Ray. Er hörte sich wenig überzeugend an.

„Und wenn nicht, auch gut. Wir sollten das Tor an der Einfahrt schließen und uns im Haus verschanzen. Wir hatten es zwar noch nie mit so vielen Untoten auf einmal zu tun, aber so einfältig wie die Viecher sind, ändert sich unser Vorgehen nicht. Wir nehmen sie uns nach und nach vor.“

„Okay. Ich bringe die Kinder nach oben“, sagte Phil und ging nach unten.

„Chris, nimm deine Schleuder und bleib hier oben auf dem Balkon“, sagte Ray.

Chris nickte. „Scott, wir beide sichern die Haustür. Wenn welche von den Hurensöhnen über den Zaun kommen, verarzten wir sie, einen nach dem anderen. Zur Not ziehen wir uns komplett zurück.“

„Klingt nach 'nem Plan, Captain“, sagte Scott grimmig und ging ebenfalls runter.

„Cathy, hol Greg und Howard nach oben. Ihr bleibt in diesem Zimmer und kommt auf keinen Fall raus."

Cathy ging direkt nach unten. Ray atmete tief durch. Die Horde war noch rund anderthalb Kilometer entfernt. In den nächsten zehn Minuten würden sie das Haus erreichen. Seine Hand zitterte leicht.

Ray und Scott schlossen das Tor der Einfahrt, die zu Chris' Haus führte. Der Metallzaun, der das gesamte Grundstück umgab, hatte eine Höhe von rund zwei Metern. Im Normalfall gab es hier kein Durchkommen für die Untoten.

In den letzten Tagen waren häufiger Kreaturen hier gewesen. Die Truppe um Scott und Ray konnte sie allerdings immer problemlos abwehren. Es war fast schon zur Routine geworden. So viele hatten sie allerdings noch nie gleichzeitig zu Gesicht bekommen.

„Gehen wir wieder rein", sagte Scott. „Vielleicht ziehen sie ja wirklich weiter in Richtung See." Ray zog die Vorhänge vor die Fenster und lugte an ihnen vorbei in die einsetzende Dunkelheit.

„Ich hoffe, sie bemerken uns nicht, wenn wir uns ruhig verhalten", murmelte Ray. Er konnte sich jedoch nicht einmal selbst überzeugen. Denn er war fest davon überzeugt, dass die Untoten Menschen wittern konnten. Er behielt diese Meinung aber für sich.

Die beiden verharrten hinter den Fenstern im Wohnzimmer, die zur Einfahrt zeigten. Sie hörten die Horde, bevor sie sie sahen. Das Schlurfen, Schmatzen und Ächzen der Untoten war unverkennbar. Die große Anzahl der Viecher verstärkte die Geräuschkulisse noch weiter.

Sobald die Horde auf Höhe der Einfahrt war, wurde klar, dass jegliche Hoffnung, dass sie vorüberziehen würde, nichts weiter als Wunschdenken war. Zielgerichtet bewegte sich die Zombiehorde auf das Haus zu – fast so, als würden sie wirklich wissen, dass frische Beute auf sie wartete. Die ersten Untoten stießen an den Zaun und drehten fast durch. Die Geräusche wurden nahezu ohrenbetäubend. Die vordersten Zombies wurden von der nachströmenden Masse einfach an Zaun und Tor platt gedrückt. Dabei zeigte sich jedoch schnell, dass weder Zaun noch Tor lange Schutz bieten würden. Die Scharniere und haltenden Elemente ächzten bereits stöhnend unter dem stetigen Druck der Körper, die auf sie wirkten. Die hinteren Zombies stapften einfach über ihre plattgedrückten Kameraden und nutzten diese als eine Art Steighilfe. Es dauerte nicht lange, bis die ersten Untoten den Zaun überstiegen und aus zwei Metern auf den Rasen des Grundstückes fielen. Wenig beeindruckt durch den Sturz kamen die ersten wieder auf die Beine und marschierten weiter in Richtung des Hauses.

Scott nahm die Axt in die Hand und umfasste den Griff dabei so stark, dass seine Knöchel weiß hervortraten. Er blickte Ray an. „Wir müssen sie erledigen, bevor es zu viele werden.

Noch besteht die Chance, dass wir sie einzeln bekämpfen können."

Ray nickte und zog seine Machete. „Auf geht's."

Als sie die Tür öffneten, hörten sie bereits das Zischen und Surren von Chris' Schleuder. Kurz darauf fielen zwei Zombies in sich zusammen. Mittlerweile waren drei weitere Untote über den Zaun gekommen. Der Erste machte Bekanntschaft mit Scotts Axt. Ray kümmerte sich um Nummer zwei und drei. Dickes, geronnenes Blut begann die Rasenfläche dunkelrot zu färben.

Die Untoten gelangten nun in größeren Mengen auf das Grundstück. Scott enthauptete zwei weibliche Zombies, die direkt auf ihn zugelaufen waren. Im Augenwinkel sah er, dass Ray gerade mit einem der Angreifer beschäftigt war und daher nicht die Gruppe von Zombies bemerkte, die sich in seinem Rücken näherte.

„Ray, hinter dir!", schrie er.

Ray wirbelte herum und sah sich drei Zombies gegenüber, die ihm gefährlich nahe waren. Er wollte zuschlagen, doch das größte der Biester blockte seinen Schlag mit dem Unterarm. Die Machete fiel ihm aus der Hand.

„Scott!" Er verpasste dem Großen einen satten Schwinger mit der rechten Faust und versuchte seinen Abstand zu den Untoten zu vergrößern.

Wieder hörte er das vertraute *sssrrrrrrr* von Chris'

Schleuderkugeln. Die Zombies fielen scharenweise um. In ihren Köpfen befanden sich kreisrunde Löcher.

Gehirnreste liefen aus ihren Schädeln. Ray nahm seine Machete wieder auf und blickte zum Balkon. Chris grinste kurz, schoss dann aber schon wieder die nächsten Kugeln ab. Scott erledigte derweil zwei weitere Kreaturen. Ray blickte zum Zaun. Die Horde war bereits deutlich dezimiert, doch der Zaun hielt sie kaum noch auf. Die einzelnen Metallelemente waren durch das schiere Gewicht der Untotenmasse verbogen und bildeten nun eine Brücke auf das Grundstück. *Es kann trotzdem klappen*, dachte Ray. Doch dann geschah das Unfassbare.

Auf der linken Seite des Tores hörte man einen bestialischen Urschrei. Im nächsten Augenblick sprang ein Zombie über den zwei Meter hohen Zaun und überwand diesen, als sei er nicht höher als eine Treppenstufe.

Der außergewöhnliche Untote landete auf allen Vieren auf dem Grundstück. Seine Augen flackerten rot.

Was zur Hölle ist das denn für ein Hurensohn? dachte Ray. Im Gegensatz zu den übrigen ungelenken Untoten am Tor besaß dieser Zombie eine bemerkenswerte Agilität. Mit unglaublich flinken Bewegungen schoss er auf das Haus zu.

„Chris, hier links!“, schrie Ray zum Balkon.

Chris hatte den Angreifer schon im Visier und feuerte schnell nacheinander drei Kugeln in seine Richtung ab.

Der Springer wich den Schüssen scheinbar mühelos aus. Mit der Leichtigkeit eines Tänzers sprang er von einem Fleck zum anderen und wechselte seine Position in einer atemberaubenden Geschwindigkeit. Dann krabbelte er auf allen Vieren weiter Richtung Haus.

Weitere Zombies strömten auf das Grundstück und forderten Rays ganze Aufmerksamkeit. Im Augenwinkel sah er, dass Scott alle Hände voll zu tun hatte. Er wollte ihm gerade zur Hilfe eilen, als ihn erneut einer dieser bestialischen Schreie herumfahren ließ.

Es schien, als habe Chris den Springer im Flug an der Schulter erwischt, denn dieser trudelte von einem Sprung wieder Richtung Boden und landete unsanft, da er sich mit dem unbrauchbaren rechten Arm nicht mehr abfangen konnte.

Doch anstatt ihn auszuschalten, schien der Treffer den Wahnsinn des Zombies nur noch weiter verstärkt zu haben. Weiterhin schrill kreischend setzte der Springer zu einem gewaltigen Satz an. Ray glaubte, seinen Augen nicht zu trauen. Scheinbar ohne größere Anstrengung katapultierte sich die Kreatur in Richtung Balkon. Im nächsten Moment schlug sie krachend in den Holzbalkon ein. Chris, der an der Brüstung stand, wurde zurückgeworfen und verlor dabei seine Schleuder aus der Hand. Halb benommen richtete er sich auf und wollte dem Springer mit den Fäusten entgegentreten. Unbewaffnet, und vom Schmerz benommen, war dieser ungleiche Kampf innerhalb von einem Sekundenbruchteil entschieden. Der

Springer packte Chris und wirbelte ihn vom Balkon. Chris flog in hohem Bogen nach unten und schlug dumpf auf dem Rasen auf, wo er regungslos liegen blieb. Der Springer funkelte Ray an und verschwand im Inneren des Hauses.

Ray hörte die Schreie von Cathy und den Kindern. *Nein, nein, nein!* „Scott, halt die Stellung!"

Scott, der bereits inmitten eines halbkreisförmigen Leichenberges stand, schien ihn kaum zu hören. Lediglich ein kurzer Blick und ein zustimmendes Nicken signalisierten Ray, dass er die Situation erfasst hatte.

Als Ray sich in Richtung Haus in Bewegung setzte, hatte Scott sich bereits wieder den Angreifern zugewendet und spaltete dem nächsten Untoten den Schädel. Ray hechtete ins Haus. Phil kam Ray mit den Kindern auf dem Arm auf der Treppe entgegen. Fiona und Robbie schrien ununterbrochen. „Bring sie in den Van!", rief Ray. „Wo ist Cathy?"

„Oben", keuchte Phil, der mit den Kindern zur Garage eilte.

„CATHY!", schrie Ray.

Dann sah er sie. Sie kam aus dem gemeinsamen Schlafzimmer in den Flur vor der Treppe gestürzt. Sie hatte blanke Panik in den Augen, aber als sie ihn erblickte, glaubte Ray kurz, dass ein Lächeln ihre Lippen umspielen würde. Sie rannte in Richtung Treppe. Als sie ihn fast erreicht hatte, schoss dieses springende Ungetüm aus dem Schlafzimmer hervor. Mit der enormen Wucht seines Sprunges traf es Cathy im Rücken und hob sie glatt von den Füßen. Sie flogen über Ray hinweg die Treppe hinunter und kamen am Fuß der Treppe krachend zum Liegen. Ray hörte Knochen brechen, als ihr Körper bäuchlings auf dem Dielenboden aufschlug. Cathys Schreie gingen ihm durch Mark und Bein. Die Bestie saß auf Cathys Rücken und riss ein großes Stück Fleisch aus ihrem Nacken und schüttelte es in seinem Maul wie eine Trophäe. Mit einem schrillen, triumphierenden Schrei feierte der Springer seine Beute. Sein Maul war rot vom vielen Blut. Ray stürmte auf den Untoten zu. Er schlug von rechts oben und zielte auf den Nackenbereich des Zombies, doch wieder war dieser schneller und wich gekonnt aus, indem er kraftvoll einige Meter zur Seite sprang und auf einem Sofa im angrenzenden Wohnzimmer landete. „Halt durch, Cathy" flüsterte Ray dem reglosen Körper zu.

Der Springer funkelte Ray mit seinem wahnsinnigen Blick an. Dann traf Ray die Erkenntnis wie ein Schlag: Er erkannte, wen er da vor sich hatte. Zumindest hatte er die Jacke des Zombies schon einmal gesehen. Der Untote trug einen olivgrünen Parker.

Ungewissheit

Wenn Tennisspieler nahezu jeden Ball perfekt treffen, kaum einen Fehler machen und absolut fokussiert auf den nächsten Schlag sind, befinden sie sich gemeinhin in *der Zone.* Scott Gerber schwang zwar kein Tennisracket sondern eine Axt, aber auch er befand sich seit dem Angriff der Horde in der Zone. Er handelte wie in Trance und würde sich am Ende des Tages wohl kaum an Details erinnern können. Eines aber würde er noch wissen: Er liebte das Gefühl in diesem Augenblick. Er konnte es ihnen heimzahlen. Ihnen allen.

Die Zombies fielen wie in seinem früheren Leben die Bäume im Wald. Dem Großteil der Kreaturen trennte er sauber den Kopf ab. Die wenigen Ausnahmen, die er nicht voll erwischte, richtete er mit einem zweiten Hieb hin. Der Schweiß lief ihm mittlerweile in Strömen den Körper hinab und seine Arme brannten wie Feuer. Dennoch verrichtete er sein Werk mit der Präzision eines Uhrwerks. Diese Menschen dort in dem Haus waren seine Freunde geworden, und er würde sie verteidigen, bis der letzte verdammte Zombie verreckt war.

Ein schriller Schrei aus dem Haus holte ihn zurück in die Wirklichkeit. Er ignorierte die wenigen verbliebenen Zombies und lief zum Haus.

Er sah Ray im Hausflur stehen und wie paralysiert einen unglaublich lebendig wirkenden Zombie in einem grünen Parker anstarren. Cathy lag stark blutend am Fuß der Treppe und bewegte sich nicht. Ray hatte sich schützend über sie gebeugt. Scott sah, dass der Springer die Zähne fletschte und Ray anvisierte.

„Ray, komm rüber! Ray! RAY!“ Scott schrie so laut er konnte, aber Ray schien ihn nicht zu hören. Der Springer machte sich bereit, sich vom Sofa aus auf Ray zu stürzen. Scott schrie aus Leibeskräften, aber Ray schien ihn nicht zu hören. Als der Springer sich vom Sofa abdrückte, schmiss Scott seinen massigen Körper zwischen den Zombie und Ray. Er erwischte die Kreatur an der rechten Flanke und landete unsanft auf dem Untoten. Er konnte hören, wie einige der Knochen des Viehs brachen. Trotzdem stieß das Ungetüm Scott mit einer bemerkenswerten Kraft von sich. Scott schlug auf dem Wohnzimmertisch auf, der unter dem Gewicht zusammenbrach. Scott bekam zunächst keine Luft, rollte sich dann aber grimmig auf die Beine. Sekunden später standen sich die beiden Kontrahenten wieder gegenüber. Scott sah das klaffende Loch in der rechten Schulter des Zombies.

Der Wichser scheint kaum Schmerzen zu spüren, dachte Scott. Seine Axt war außer Reichweite. Verzweifelt versuchte er etwas zu finden, um den bevorstehenden Kampf zu seinen Gunsten zu entscheiden. Im Augenwinkel sah Scott das Kaminfeuer und kam auf eine Idee. Er griff sich den Schürhaken neben dem Kamin und hielt ihn vor sich. Der Springer spannte seine Beinmuskulatur an und streckte seine klauenartigen Hände nach vorne aus, um Scotts Kehle zu zerreißen. Dann sprang er in rasantem Tempo auf Scott zu. Dann ging alles ganz schnell. Als der Springer den nächsten Satz auf ihn zumachte, rammte Scott den Schürhaken in Richtung seines Angreifers und spießte diesen damit in Brusthöhe auf. Der Untote zappelte wie wild vor ihm in der Luft und stieß einen ohrenbetäubenden Schrei aus.

Scott nahm alle Kraft zusammen und schleuderte das Ungetüm samt Schürhaken in Richtung des Kamins. Es landete mitten im Kaminfeuer. Der olivgrüne Parker stand augenblicklich in Flammen. Trotzdem griff der Springer Scott erneut an. Dieser verpasste ihm zwei weitere Hiebe mit dem Schürhaken und trat dem brennenden Vieh kräftig gegen die Brust, so dass es mit dem Rücken eine Fensterscheibe zerbrach und in den Vorhängen landete. Der Stoff fing sofort Feuer, das sich auf den Teppich und andere Vorhänge ausbreitete.

STIRB ENDLICH!, dachte Scott. Er konnte nicht verstehen, dass dieses zähe Ding nicht völlig von den Schmerzen geblendet war und sich selbst in Flammen noch bis gerade bewegt hatte. Scott rannte zu seiner Axt und erschlug den Springer, der immer noch brennend und um sich schlagend in den Vorhängen lag. Dann eilte er zu Ray hinüber, der kauernd über dem Leichnam von Cathy saß und von dem Chaos um ihn herum nichts mitzubekommen schien.

Scott spürte die Hitze des Feuers auf seiner Haut, das Wohnzimmer stand mittlerweile lichterloh in Flammen.

„Ray, verdammt, komm zu dir!“, schrie Scott.

Ray schaute Scott mit ausdruckslosen Augen an, so als würde er ihn zum ersten Mal in seinem Leben sehen. Dann fiel Scotts Blick auf Cathy. Sie lag reglos da, hatte eine klaffende Wunde im Nacken und ihr Körper war von dem Sturz aus dem oberen Stockwerk zerschmettert. Wo war Chris? Wo waren Greg und Howard? Wo waren Phil und die Kinder? Scott nahm Ray am Kragen und schüttelte ihn durch.

„Hör zu Ray, hör mir zu! Du nimmst jetzt Cathy und gehst schnappst dir ein Auto. Ich komme sofort nach!“ Dann hob er Cathy von der Treppe auf und legte sie in Rays Arme. Der setzte sich wie benommen in Bewegung Richtung Haustür. Scott war erneut einen Blick auf das flammende Inferno im Wohnzimmer. Das Feuer würde das Haus in wenigen Minuten verschlungen haben. Scott rannte nach oben. Er hoffte, dass er dort die anderen finden würde. Als er in das Schlafzimmer schaute, wurde jedoch auch das letzte bisschen Hoffnung, dieser Tag könnte irgendwie gut ausgehen, zunichte gemacht. Der Raum glich einem Schlachthaus. Er fand die Leichen von zwei Personen, die Greg und Howard gewesen sein mussten, allerdings waren sie bis zur Unkenntlichkeit zerfleischt worden. Überall waren Blut und Gedärme im Zimmer verteilt. Von Chris, Phil oder den Kindern fehlte jede Spur.

„PHIL? FIONA? ROBBIE? CHRIS?“ Scott suchte auch die anderen Räume ab, vergeblich. Er merkte, wie der Rauch im oberen Stockwerk dichter wurde und in seine Lungen kroch. Ihm wurde schummerig. Dann hörte er draußen die Hupe vom

Van. *Sie sind unten im Wagen!*

Scott hastete die Treppe herunter und sah sich einer massiven Feuerwand gegenüber. Er wägte ab, ob er durchs Feuer laufen oder vom Balkon springen sollte. Ohne weiter nachzudenken sprintete er durch die Flammen nach draußen. Als er sich sicher war, dass er nicht brannte, schaute er sich um: Es war mittlerweile dunkel, aber im orangeroten Schein des Feuers konnte er immer noch einige Zombies erkennen, die es nicht auf das Grundstück geschafft hatten. Sie starrten fasziniert das gewaltige Feuer an. Nach dem Tod des Springers, der anscheinend so eine Art Alpha-Zombie gewesen war, ließ ihre Aggressivität einen Augenblick nach, wie es schien.

Einige Meter entfernt saß Ray mit Cathy in den Armen auf dem Rasen. Chris lag immer noch regungslos auf dem Rasen. Aus der Garage leuchteten zwei Scheinwerfer auf und ein Motor wurde gestartet. Kurz darauf fuhr Phil mit dem VW auf den Rasen und kam direkt neben Ray zum Stehen. Fiona und Robbie starrten vom Beifahrersitz auf das brennende Haus. Scott eilte zu Chris und prüfte die Vitalfunktionen. Er atmete auf, als er einen Puls spürte und trug ihn zum Van.

„Scott, wo sind die anderen?“, fragte Phil verzweifelt, als Scott dort ankam.

Scott schüttelte nur den Kopf. „Kümmere dich um Chris, Phil. Er ist bewusstlos, atmet aber noch.“ Dann legte er Chris auf den Rücksitz.

Ray schien immer noch nicht wieder bei sich zu sein. Mit

dem Leichnam von Cathy in seinen Armen wippte er langsam wimmernd vor und zurück. Im Hintergrund krachten Teile vom Dach des Hauses in sich zusammen und fegten eine Hitzewelle in Richtung der Überlebenden. Rays Haare wurden dabei angesengt, aber es schien ihn genauso wenig zu interessieren wie alles andere.

Scott hatte diesen Zustand zuvor schon einmal erlebt. Bei einem Forstunfall hatte sich sein Kollege Lewis einmal den Unterschenkel unter einem Baum eingeklemmt. Der Vorfall passierte weit außerhalb von der Holzfällerstation, weshalb sie fast eine halbe Stunde auf Hilfe warten mussten. Während der gesamten Zeit stand Lewis so unter Schock, dass er kaum ansprechbar war. Als der Baum schließlich entfernt wurde, sah der Unterschenkel aus wie eine geplatzte Tomate. Unfassbar, dass ein Mensch solche Schmerzen nahezu ausblenden kann. Als er mit Lewis im Krankenhaus über die Sache sprach, konnte dieser sich kaum an etwas erinnern.

Scott hoffte für Ray, dass dieser sich ebenfalls an wenig erinnern würde. Ihm schossen die Bilder im Haus seiner Eltern durch den Kopf. Scott ahnte, wie Ray sich gerade fühlen musste. Er wusste, wie viel Ray an Cathy gelegen hatte und es tat ihm in der Seele weh, was er nun tun musste. Sanft fasste er seinem Freund auf die Schulter.

„Ray. Hey, Ray. Sie ist jetzt an einem besseren Ort. Wir müssen von hier verschwinden."

Ray reagierte nicht, aber als Scott ihm Cathy abnahm, ließ er es geschehen. Scott trug den zerschmetterten Körper bis zu einem nahen Baum und legte ihn, außer Sicht von Ray, sanft hinter dem Baum ab. Er nahm ihren Kopf in beide Hände und verharrte in kurzem Gedenken. Dann drehte er mit einer schnellen Bewegung den Kopf um hundertachtzig Grad, bis das Genick brach. Cathy hatte diese Welt als Mensch verlassen. Und das sollte auch so bleiben.

Als er wieder am Van war, saß Ray bereits auf dem Rücksitz. Phil hatte Chris auf der kleinen Ladefläche im Inneren des VW abgelegt und ihm seine Jacke unter den Kopf geschoben. „Phil, ich werde das Tor öffnen. Es stehen noch einige von den Wichsern davor. Ich komme direkt zurück, dann gibst du Gas. Zur Not mähen wir sie alle um." Phil nickte.

Scott marschierte zum Tor. Als er es aufmachte, torkelten drei Untote auf ihn zu. *Wie konnte der Zombie im Haus nur so schnell sein?* dachte Scott. Diese Exemplare hier bewegten sich im Vergleich zu dem Springer in Zeitlupe. Kopfschüttelnd lief er zurück zum Van und stieg ein. Dann drückte Phil aufs Gas. Am Tor hatten sie genügend Geschwindigkeit, um die drei letzten Untoten einfach zur Seite zu fegen.

Dann fuhren sie die Straße entlang. Mehrere Minuten sagte keiner ein Wort. Schließlich war es Phil, der das Schweigen brach.

„Wohin?", fragte er.

„Fort Benning", sagte Scott.

Danksagung und Bonus

Lieber Leser,

ich freue mich sehr, dass Sie sich entschieden haben, mein Erstlingswerk zu lesen. Ich hoffe ich konnte Sie ein Stück weit an meiner, zugegebenermaßen teils blühenden Phantasie, teilhaben lassen. Warum ich mich dazu entschlossen habe, ein Buch über Zombies und Untote zu schreiben? Die Antwort ist simpel: Es hat mir unglaublichen Spaß gemacht und ich hoffe, dass Sie als Leser das während der Lektüre merken konnten.

Wenn Sie es tatsächlich gemerkt haben, falls ich Sie gut unterhalten konnte, falls ich Sie zum Lachen, Weinen, Schreien gebracht oder mitfiebern lassen habe, könnten Sie mir einen großen Dienst erweisen. Erzählen Sie bitte Ihren Freunden davon.

Twittern Sie es in die Welt hinaus oder posten Sie es auf Facebook. Reden Sie mit Ihrer Familie darüber oder überraschen Sie damit Ihren örtlichen Sportverein. Und am allerliebsten wäre mir, natürlich vorausgesetzt Sie mochten dieses Buch, eine gute Bewertung bei Amazon. Ich stehe als Indie Autor nicht in Diensten eines großen Verlages und damit verfüge ich auch über keinerlei sonstige Werbemittel.

Als kleines Dankeschön dafür habe ich einen Bonus für Sie vorbereitet: Wenn Sie mir den Link zu Ihrem Review schicken, bekommen Sie von mir ein geheimes Kapitel per Mail zugesendet, in dem es um weitere Hintergründe in Bezug auf das Virus geht! Selbstverständlich können Sie diesen Bonus auch erhalten, wenn Sie kein Review schicken möchten (auch wenn die Zombies dann wahrscheinlich irgendwann *Sie* heimsuchen werden! :-)) – schicken Sie mir einfach eine Mail (in dem Fall ohne Link) an:

davidbournebooks@gmail.com

Dort können Sie ebenfalls direkt mit mir in Kontakt treten. Denn ebenso wichtig wie die Bewertungen sind mir Ihre direkten Feedbacks, von denen Sie hoffentlich rege Gebrauch machen werden. Was mochten Sie? Was ging in Ihren Augen gar nicht? Was fehlte Ihnen so sehr, dass Sie es unbedingt lesen wollen würden?

Ich werde mich nach Kräften bemühen, Ihnen zu antworten und mit Ihnen in einen Dialog zu treten. Melden Sie sich gerne bei mir, so dass ich diese „Scheißviecher“ möglichst schnell ein weiteres Mal auf die Menschheit loslassen kann!

Ihr

David Bourne

12776008R00102

Printed in Great Britain
by Amazon.co.uk, Ltd.,
Marston Gate.